시 비오다 2023

시 보다 2023

펴낸날	2023년 9월 21일
지은이	강보원 김리윤 김보나 문보영 백가경 안태운 오은경 이린아
펴낸이	이광호
주간	이근혜
편집	이주이 김필균 허단 방원경 윤소진 유하은
마케팅	이가은 최지애 허황 남미리 맹정현
제작	강병석
펴낸곳	㈜**문학과지성사**
등록번호	제1993-000098호
주소	04034 서울 마포구 잔다리로7길 18(서교동 377-20)
전화	02) 338-7224
팩스	02) 323-4180(편집) / 02) 338-7221(영업)
대표메일	moonji@moonji.com
저작권 문의	copyright@moonji.com
홈페이지	www.moonji.com

ⓒ 강보원 김리윤 김보나 문보영
백가경 안태운 오은경 이린아, 2023. Printed in Seoul, Korea
ISBN 978-89-320-4212-1 03810

이 책의 판권은 지은이와 ㈜**문학과지성사**에 있습니다.
양측의 서면 동의 없는 무단 전재 및 복제를 금합니다.

시 보다 2023

강보원   백가경

김리윤   안태운

김보나   오은경

문보영   이린아

문학과지성사

차례

강보원

시집 『완벽한 개업 축하 시』가 있다.

일어나는 일들과
일어나선 안 되지만 일어나는 일들

일어난 일들을 사실적으로 표현하는 문학적 사조는 사실주의와 그냥 사실주의로 나눌 수 있다(다양한 변종들이 있지만). 사실주의와 그냥 사실주의는 길가의 돌맹이와 한 줌의 밀알처럼 다르고 교환 가능하다.

사실주의: 엄마는 여러모로 도움을 많이 주는 사람이었는데 대가도 확실히 받아내곤 했다. 예전에는 종종 삼촌을 불러 일들을 시켰다. 아들들 숙제 봐주기, 목욕탕 데리고 가기, 땔감 해 오기 등. 삼촌이 그 일에 질리자 삼촌 친구를 불러서 시켰다. 삼촌도 삼촌 친구도 엄마가 먹여 살린 적이 있었다. 삼촌 친구도 질리면 또 누군가, 그렇게 일을 해주는 사람들이 늘 있었다. 그렇지만 결국 모두가 질리고 말았다. 나는 뭔가 중요한 도움을 줘도 사람들은 그걸 잊는다고 생각했다. 하지만 한편으로는 더 이상 엄마에게 도움을 받아서는 안 되겠다고도 생각했다……

그냥 사실주의: 시를 막 쓰기 시작했을 때 시 수업을 들었는데, 나는 한 달 동안 고심해서 쓴 시를 가져갔다. 시가 마음에 들었는지 선생님이 말했다. "자네는 시를 처음 쓴 건 아니지?" 나는 겸손하게 보이기 위해 시를 1년 정도 썼다고 이야기했다. 수업이 진행되다 다른 학생이 깜짝 놀랄 만한 시를 가져왔다. "자네도 시를 처음 쓴 건 아닌 것 같네?" 그 학생은 대답했다. "아뇨, 저는 처음인데요?"

강보원

모조 해탈 기계

(그래서 나는 내가 좋아하면서 인기도 있을 만한 시들을
떠올려보았다:)

설거지를 하며 읽을 수 있는 시. 접시에 시들을 적어놓는
다. 글자가 보이는 정도에 따라 설거지가 얼마나 깨끗하
게 되었는지 알 수 있다.

갈 데까지 간 애플식 시. 이 시를 구매하면 박스가 도착
하고 안에는 시가 있다. 그러나 박스를 열어보면 아무것
도 없다. 고객 센터에 전화를 해서 물어보면 다음과 같은
안내가 돌아온다. "저희 애플 – 시를 구매해주셔서 감사합
니다. 하지만 시가 적힌 종이는 별도로 구매하셔야 합니
다."

귓속말 시. 시를 구매하면 만나서 귓속말로 속삭여줍니
다. 이 시의 내용을 발설하면 벌금을 내야 합니다.

오늘 당신이 읽을 시. 내가 생각하기에 글은 지루하다면
그것만으로 제 몫을 한다.

저녁 8시에 읽는 시. 9시 뉴스에 비하면 8시 뉴스는 어

딘가 가짜 같다고 느끼던 때가 있었다. 한 시간 사이에 무슨 큰일이 벌어지는 것도 아닌데……

개들을 위한 시. 낭독 파일로 만든다. 앉아. 일어나. 앉아. 일어나. 산책 가자!

주식 투자자를 위한 시. 시 한 편을 주고, 어마어마한 비평적 상찬을 수행하는 텍스트들을 보내주다가, 그 모든 이론이 폐기되고 이 시는 문학사에서 추방되었음을 알려준다.

질문으로 끝나지 않는 시. 문득, 물음으로 시를 끝맺는 방식이 아주 좋지 않다고 느낀다…… 하지만 왜?

진부함이 없이는 견디기가 어렵다

등장인물 희수, 나, 칭칭, 젤렌스키, 수현, 에이코

막이 오르면 희수, 칭칭, 젤렌스키, 수현, 에이코는 각자 하던 일을 계속한다.

나: 나는 식물을 그렇게 좋아하지는 않는데 식물이 있으면 나도 모르게 안정이 되는 기분이 들고 그건 아무래도 식물이 갈색과 초록색을 가지고 있기 때문인 것 같다. 오래된 집들은 따뜻한 노란색 계열이다. 장판부터 시작해서 내부에도 문턱이나 창틀에 나무가 많이 드러나 있다. 가장 싼 집들이고 그 가장 싼 집을 리모델링하면 보통 흰색투성이가 된다. 나는 흰색을 잘 못 견뎌 한다. 책장, 침대 프레임, 행거, 가스레인지(혹은 인덕션), 전자레인지, 선반, 옷 방 선반, 침대 방 선반, 모두 흰색이고 모던이라고 하는데, 원룸부터 시작해 투룸, 그리고 사실 투룸이어야 하지만 어거지로 방 하나가 더 들어가 있는 쓰리룸까

지, 이런 식으로 꾸며진 집들이 있다. 그러니 따지고 보면 노란색이나 흰색이나 같다. 전체적으로 사물들은 올바르고 따분하고 그것이 흥미를 끈다. 오늘 도착한 올리브 나무는 서랍에 올려둘 만한 크기의 작은 화분에 심겨 있고 몰랐지만 조화였는데 생각보다 나쁘지 않았고 멀리서 보면 잘 구분되지도 않았다.

희수, 칭칭, 젤렌스키, 수현, 에이코는 각자 하던 일을 계속한다.

당연한 것과 당연하지 않은 것

국민건강보험공단에서 온 편지였다.

「건강보험료 독촉」 영수증(납부자용) 납부 의무자 강 모 원

나는 국민건강보험료는 중요한 것이고 당연히 납부해야 한다고 생각했다.

쓰던 시만 마무리하고…… 그런데 가끔 예전에 쓰던 시 메모장을 보면

말도 안 되는 문장들이 쓰여 있다. '아니, 그래도

내가 시를 쓴 지가 벌써 몇 년째인데 아직도?' 그렇게

지내다 보니 또 국민건강보험공단에서 편지가 왔다.

「건강보험료 독촉」 영수증(납부자용) 납부 의무자 강 모 원

동생이 가끔 전화해서 물었다. "건강보험료 냈어?" "이제 내려고."

연체 기록을 확인해봤는데 얼마 얼마씩 계속 연체가 되어 있었다.

일부러 그런 것은 아니었고 나는 정말 몰랐다. 내야지, 당연히, 나는 안 낼 이유도 없다고 생각했고…… 그렇

게 또 편지가 도착했다.

「**건강보험료 독촉**」 **영수증(납부자용) 납부 의무자 강 모 원**

나는 그것을 접어서 가방에 넣고 다녔다. 몇 주 정도 가지고 다니다가

이건 아닌 것 같아서 쓰레기통에 버렸다. 나는 사실 상황이 잘 이해가

되지 않았다. 나도, 국민건강보험공단도, 또 더 많은……

하지만 날도 춥고 나이도 들었는데 더는 이러면 안 된다고 생각했다. 세상에는

당연한 것과 당연하지 않은 것이 있다. 그러고 보니

카페에서 커피를 주문하다 나누었던 대화가 생각난다.

나: "안녕하세요, 돌체연유라떼 주세요."

카페 주인: "그냥 돌체라떼밖에 없는데요?"

나: "네, 그럼 그걸로 주세요…… 단맛이 나나요?"

카페 주인: "네, 당연하죠. 연유가 들어가니까?"

강보원

파인애플 자르는 법

플로리다에 옷 만드는 장인을 만나러 갔을 때, 빨간 벽돌집에서 나오는 농부를 본 적이 있다. 내가 파인애플 자르는 법을 배운 건

그에게서였다(먼저 머리 부분을 자르고, 반을 자른 후에, 밑부분을 잘라내고, 다시 반씩 잘라서──총 네 등분하는 것이다──과육 아랫부분을 칼로 슬슬 분리해낸다). 그가 초봄이 지날 즈음까지 입던 파카는 지퍼가 떨어져 있었는데 대신 앞섶을 풀어헤치는 게 매우 간단해 보였다. 그것은 거의 지퍼가 있는 옷보다 더 좋아 보였다. 지퍼가 원래 없게 나온 옷보다도 더 좋아 보였다. 농부들만이 가질 수 있는 특별한 감각의 한 종류인 듯했다. 오랜만에 그가 생각나 전화를 걸었는데 그는 무슨 말을 하는지 모르겠다고 했다. "요즘 일어나는 일이 너무 많아서 헷갈리는 것들이 많아……" 그렇군. 모르겠다…… 내가 뭔가를 잘못했는지도. 그런데 지금 생각해보면, 그는 농부가 아니었던 것 같기도 하다. 그를 만난 것도 플로리다가 아니라 경기도

김포 어디쯤이었던 것 같다. 사실 왜 내가 그를 농부라고 생각했었는지조차 잘 모르겠다. 거기엔 정말이지 아무런 이유가 없었다. 아무튼

휜 접시에 담긴 파인애플들은 보기 좋았고, 방법은 여전히 잘 통했다. 늘 있는 그런 일들이었다. 한번은 비가 온 다음 날

거리를 행진하는 오리들을 봤는데…… 나는 그 거리로 돌아가면 언제든 다시 그 오리들을 만날 수 있다고 생각했던 것이다.

강보원

똑똑이를 생각하며

 어릴 때 시골에서 강아지를 키웠는데 이름이 똑똑이였다. 그때는 개들 이름이 거의 그랬다. 똑똑이, 씩씩이, 똘똘이, 특히 시골에서…… 내가 직접 키운 똑똑이만 해도 몇 마리가 된다. 그중 한 똑똑이가 있었는데 진돗개와 무슨 사냥개의 혼혈이었고 연한 베이지색의 윤기 나는 털을 가지고 있었다. 아주 영리하고 우리 가족을 잘 따랐다. 지금 생각해보면 나와 동생은 그때 너무 어려서 똑똑이가 우리를 키우다시피 했던 것 같다. 그리고 그때는 시골이라 학교가 멀었다. 초등학교 저학년 아이 두 명의 걸음으로는 한 시간 정도 걸려 학교에 가야 했던 것 같다. 하루는 아침에 동생과 학교에 가는데 똑똑이가 대문 밖까지 우리를 따라왔다. 우리는 돌아서서 "똑똑이 들어가!"라고 외쳤는데 똑똑이는 돌아가는 척만 하고 집으로 들어가지를 않았다. 우리는 뛰고 발을 구르며 몇 번이나 "들어가! 들어가!"라고 외쳤고 그제야 똑똑이는 잰걸음으로 집으로 돌아갔다. 그렇게 우리는 길게 뻗은 논두렁을 걷고 조그만 다리를 건너고 야트막한 산모퉁이를 돌아 학교에 갔다. 그런데 학교 정문에 도착했을 때, 갑자기 똑똑이가 나타나 우리를 덮쳤다! 학교에 도착할 때까지 일부러 한 번도 알은척을 하지 않고 몰래 우리 뒤를 따라온 것이다. 지금 생각하면 나와 동생도 어떻게 그 먼 길을 걸으면서 한 번도 뒤를 돌아보지 않았는지 신기하다. 아무튼 그때는 너무 당황스럽고 웃기고 반가운데 어떻게 해야 할지 몰랐던 기억이 난다.

이런 이야기에 무슨 교훈이 있을까? 혹은 무슨 의미가? 예전에 시를 쓸 때 시에 관한 무슨 이야기를 하면 '그냥 그걸 시로 써!'라는 이야기를 많이 들었다. 지금 내가 하는 일이 그것인 듯하다. 물론 그냥이라는 것도 그냥 되지는 않는다. 그래서 나는 일어난 일들이 그냥 시로 쓰일 수 있는 방법들을 찾으려고 노력하며, 그 방법들은 매번 다르다. 어쨌든 내가 생각하기에 중요한 건 여기에 일어난 일들이 쓰여 있으며 우리가 그것을 읽을 수 있다는 사실이다. 어쩌면 그것만으로는 충분하지 않다는 느낌이 들 수도 있다. 하지만 반대로 생각해보면, 모든 것이 다 갖추어져 있다는 느낌이 꼭 좋기만 한 것일까?

강보원

추천의 말

강동호

강보원의 시에는 당연하고 명료한, 그래서 때로는 따분하게 보이는 일상에 특별한 흥미를 느끼는 화자가 출현한다. 범상한 것들의 특별함과 특별한 것들의 범상함을 서로 견주는 가운데, 둘 사이의 구분 불가능성으로부터 강보원 특유의 엉뚱하고 시시껄렁한 유머와 아이러니가 발휘된다. 그의 시적 유머는 시가 전혀 특별한 것이 아니라는 단순한 사실에 관한 정확한 지적 통찰의 결과이다.

김언

강보원의 시는 애써 무언가를 하려고 하지 않는다. 무언가를 애써 의도하지도 실천하지도 않으려는 그의 시적 지향을, 묘하게 맞물려 있을 그의 시적 고향을, 가령 '무위無爲의 시학' 같은 용어를 들먹이며 애써 파악하는 것도 불필요해 보인다. 애써 감추려 해도 저절로 드러나는 것이 누군가의 고향이듯이, 그의 시가 지향하는 바도 애써 드러내지 않는 방식으로 슬그머니 우러나오지 않을까. 어쩌면 벌써 목격하고 있는지도 모른다.

김행숙

강보원은 '지금' '여기'의 일상을 낯선 프레임으로 절단하고 편집해서 시적 콩트를 연출한다. 그와 그가 불러낸 친구들의 목소리만

이 드러낼 수 있는 이 시대, 이 세대의 문제와 뉘앙스가 있음을 그는 결국에 설득해낸다. 얼핏 썰렁한 농담 같은데, 강 피디의 그 썰렁한 온도의 목소리가 옆구리를 쿡쿡 찌르면 웃음이 나다가도 아프고, 아프다가도 웃음이 난다.

이광호
강보원의 위트는 점점 더 '병맛'스러워진다. 「파인애플 자르는 법」에서 "플로리다에 옷 만드는 장인을 만나러" 간 이야기는 그가 정말 옷 만드는 사람인지, 실제 배운 건 파인애플 자르는 방법인지, 혹은 그곳이 사실 '경기도 김포'가 아닌지 점점 알 수 없는 지경에 이른다. "거기엔 정말이지 아무런 이유가 없었다"라고 말할 수밖에 없는 무심한 위트는, 플로리다와 김포 사이의 간격에 시적인 '점프 컷'을 만들어낸다.

이원
강보원의 유머가 예상치 않은 쪽으로 방향을 틀었다. 유머는 사소함을 파고드는 빗금이고, 빗금은 우연으로 그어지고, 그러나 우연과 착시가 삶을 지탱시킨다는 것을 그는 간파한 듯하다. 지적 유머의 화법에서 그 방향으로의 상승을 기대할 때, "진부함이 없이는 견디기가 어렵다"(「진부함이 없이는 견디기가 어렵다」)며, 즉 물

맛의 유머를 향한다는 것, 거기에서 새로운 시도를 본다.

홍성희

매끄럽게 작동하는 세계는 기계 같다. 입력되는 신호를 처리하여 기대되는 값을 만들어내는 능숙함. 강보원의 시는 그 매끄러운 처리 과정에 언어로 요철凹凸을 만든다. (탈탈탈) 기계 돌아가는 소리를 키우면 커다란 세계와 그것을 굴리는 중인 내가 동시에 보인다. 대상화될 대상이 없어 웃기지만 웃기지 않은 덜컹거림. 인간이 물속에서 느끼는 깊고 깊은 괴리감은 체온 때문이라는 걸 안다. 그 이물감을 잊지 않으려는 마음에 이름이 있다.

김리윤

2019년 문학과사회 신인문학상을 통해 작품 활동을 시작했다.
시집『투명도 혼합 공간』이 있다.

전망들

경계를 건너며 떠는 사람아.[*] 당신은 떨면서 보고 떨면서 듣는다. 떨면서 본 것이 당신의 상상에 불과한 것은 아닌지 의심한다. 두려워한다. 두려움 속에서 떨며 움직인다. 몸은 남고 움직임은 사라진다. 도시의 모든 구조물들이 말하지. 당신은 이곳을 건너갈 수 없습니다. 당신은 앉거나 누워 있을 수 있습니다. 당신은 앉은 채로, 누운 채로 떨면서 경계를 건너려 한다. 당신은 의미를 요구하지 않는 형태만을 이해한다. 당신의 손은 아무것이나 주워서 아무렇게나 빚는다. 괜찮아, 알아볼 수 없는 형태라면 뭐든 좋아요. 유령이라고 둘러댈 수 있는 형태라면. 유령처럼 움직일 수 있을 것 같은 형상이라면. 무덤 같고 굴 같은. 굴속의 쥐들 같은. 쥐들이 파묻힌 굴 같은. 세계를 삼킨 굴 같은. 수많은 굴에 관통당해 우글거리는 세계 같은. 우린 굴을 파기 좋은 재료만으로 도시를 빚었지. 이 도시에선 어디가 어디로 이어질지 아무도 모르지. 적어도 잠에서라면 세계는 굴이나 마찬가지. 좁다랗게 깊어지는 방식으로 넓어질 수 있다. 굴을 파며. 굴과 굴 사이를 허물어 회랑으로 만들며. 공간을 무화시키며. 벽을 길로 만들며. 세계를 통로로 만들며. 진흙으로 구조를 만들며. 구조는 부드럽고 차가웠다. 쉽게 파헤쳐지고 흩어졌다. 우리를 쉽게 더럽혔고 더러운 우리를 익숙한 것으로 만들었다. 우리는 깨진 돌처럼 지면에서 솟아오르지. 우리는 공간에 새겨진 형태를 떨면서 넘어 다닌다. 종이를 접고 펼치듯이 누울 자리를 만든다. 구깃구깃한 잠을 펼친다. 깨끗한 이불 아래서만 우리의 몸을 실감한다. 미약하게 미약하게 움직이며. 손톱 밑으로 파고드는 도시의 구조물들을 느끼며. 일주일에 두 번, 손톱 밑에 낀 세계를 깨끗하게 깎아내며. 조금씩 깊어지는 굴을 만지며. 우리는 먼지투성이 머리통으로 서로를 사랑한다. 희미한 먼지를 알아차리듯 사랑한다. 먼지투성이 땅을 뒹굴며 부수듯이 사랑한다. 우리는 서로의 무릎이 남긴 궤적에 이끌린다. 아무 데서나 만난다. 서로를 알아보지 못하면서 만난다. 이름도 없이 만난다. 잔해로만 남은 시간들 속에 만난다. 매캐한 공기 속에서 서로를 보지 못하면서 만난다. 우리는 서로를 돕지 않는다. 만나고 함께 있을 뿐이다. 서로의 입구가 되어줄 뿐이다. 우리는 누더기가 된 무릎으로 만난다. 너저분하고 단단한 손끝으로 닿는

김리윤

다. 굴을 파고드는 바람 소리에서 예언을 듣는다. 떨면서 벽을 무너뜨리고 굴이었던 회랑을 따라 걷는다. 열리고 비어 있는 공간. 경계를 무화시키는 공간. 공간을 무화시키는 움직임. 없는 공간과 없는 구조가 떨면서 말을 건네지. 기억하세요. 깨끗한 이불을 덮고 우리가 기억하는 일들의 돌봄 속에서 지나가는 시간을 느껴보세요. 손안에 사는 쥐 한 마리씩을. 햇빛이 관통하자 손은 반투명한 물질처럼 보였지.

너는 그런 것을 보는구나
다 알고 싶었어

손안에 죽은 것이 있다는 느낌
그거 내가 대신 봐줄게

회랑의 어둠이 가늘게 떨린다
모두 기도할 때 우리가 뜬 실눈들[**]
떨며
새어 나온 빛이 경계를 넘지

우리는 손바닥을 펼치며 만났지

죽은 눈이 푹푹 날렸어

---

* "경계를 건너며 떠는 사람은 자신이 아는 정의에 의문을 던집니다. 여권
에만이 아니라, 운전면허증에만이 아니라, 그 정의의 모든 측면과 형식
에 대해서요. 우리가 거의 얘기하지 않는 나이의 정의에서부터 내내 우
리와 관련되면서도 동시에 대답할 수 없거나 하지 않는 성별의 정의까
지요. 우리는 어떤 '자연'입니까? 우리는 어떤 '종'입니까?"(엘렌 식수,
『글쓰기 사다리의 세 칸』, 신해경 옮김, 밤의책, 2022).

** "다들 기도하고 있었지만/나는 실눈을 뜨고 있었어요"(조월의 노래, 「후
문」, 『아무것도 기념하지 않는』, 2022).

김리윤

손에 잡히는

 손은 자신이 손인 줄 모르는 것처럼 움직인다. 과일을
수선하는 선생님의 손을 보면서 든 생각이었어요. 언제
나 무언가를 버리는 일에 지쳐서 과일을 꿰매기 시작했
다고 말씀하시는 선생님. 중구난방 찢어진 귤껍질. 맑은
주홍빛을 띤, 윤기 나는, 시큼한 냄새를 풍기는 조각들과
한 쌍의 무구한 손. 손이란 부서진 물질을 올려두는 것만
으로도 그것을 복원하는 다음 장면을 만들어내는 정물이
구나. 파편, 부스러기, 먼지를 데리고서 막무가내로. 저는
선생님께서 꿰맨 과일들처럼 원본을 연상시키는 형태, 다
른 무언가를 닮은 것들만 남은 방에 있습니다. 몸처럼 생
긴 것이 이불 같은 것 바깥으로 손 닮은 것을 내놓고 잠
비슷한 것에 빠져 있고요. 표면을 작고 가볍게 만들며 안
쪽에서 조용히 말라가는 물기 같은 잠. 잠 같은 물기. 무
너지는 장소, 한겨울에 창문이 열린 방, 금 간 잔에 물 마
시기, 차가운 진흙으로 채운 욕조, 썩는 것이 중요한 조각
을 닮은 잠. 우리보다 너무 작거나 너무 거대한 잠. 구할

수록 무서워지는 잠을 닮은 것에요.

*

　잠든 사람의 불규칙적으로 경련하는 손가락.
　깜빡이는 손가락이 가진 박자.

　그런 박자로 영원을 다루듯이
　영원과 닮은 돌을 쓰다듬고
　시간이 빌린 몸 같은 물이
　돌들을 굴리는 소리를 들으며

　잠이 꿈을 닮듯이
　비닐봉지가 새를 닮듯이
　우리는 기억을 꾸리네.

　우리에겐 유물, 기념품, 부드러운 피부가 필요하지만
　남는 것은 화석들
　뼛조각뿐이네.

　　　　　　　김리윤

*

선생님, 제가 보는 모든 것이 그것을 보기 전의 저를 집어삼키고 다시는 돌려주지 않는다는 사실이…… 저를 미치게 하고 미친 채로 안심하게 만들어요. 기억에는 온통 무언가를 닮은 형태밖에 없고요. 제 몸은 언제나 본다는 일과 엉망으로 뒤엉켜 있어요. 모든 것이 바스러지는 와중에도 솔직히 저는 부스러기들 위에 드러누워 온몸으로 햇볕 쬘 생각뿐입니다. 백사장이 곱기로 이름난 해수욕장의 모래들이 원래 무엇이었는지 저는 다 기억하고 있어요. 산산이 부서진 것, 아주 먼지에 가깝도록 박살 난 것이라면 무엇이든 참 부드럽겠지요. 아늑하겠지요. 그을린 피부는 보기 좋을 테고요. 어떤 물질들은 헛되고 터무니없는 약속만을 주고 싶어 하는 것처럼 보여요. 저는 어딘가 그것들을 가만히 둘 방을 찾고, 손에 쥘 수도 없는 먼지가 될 때까지 방해받지 않고 머물고 싶어요. 아무쪼록 선생님께서도 내내 건강하시길 바랍니다. 제철 음식을 챙겨 드시고 매일 잠깐이라도 햇볕을 쬐며 걸으세요. 일광욕하기 참 좋은 계절이 다가오고 있네요.

*

엿본 전망들
가져본 적 없는 전망들
우리가 우길 수 있는 유일한 것.

무너진 장소들
경험을 박탈당한 장소들이 우리를 기억한다.

*

나에겐 힘을 빼고 누우면 자꾸 오목한 모양으로 구부러지는 손이 있다. 박살 이후의 파편, 부스러기, 먼지 들 내려앉기 좋도록 구부러진 손. 그런 것들이 잡힐 수밖에 없는 모양의 손.

손안의 것들은 자신들이 처한 장소만으로도 다 가진 것처럼 보인다.
뭉쳐지고 꿰매지고 이어 붙여진 덩어리가 될 미래를.

한심하고 아름다운, 지독하게 인간적인 방식으로 수

김리윤

선된

　죽은 얼굴들을 닮은

　우습고 왜소한 무리인 우리의

　접힌 시간을.

전망들

끔찍하게 춥다. 이렇게 단순 명료한 추위라니, 궁금할 것도 없는 날씨다. 춥다는 것 말고는 아무것도 들어 있지 않은 생각이다. 그러나 친구들은 얼어 터진 손으로 망원경을 쥔다. 뭐가 좀 보이느냐고 묻는다. 친구의 친구가, 할머니와 엄마와 이모들이, 언니와 동생이, 동료와 이웃들이 모두 그렇게 한다. 이곳이 전부라고 믿지는 않겠다고. 아득바득 전망을 갖겠다고. 저기를 보거라. 더 먼 데를 보거라. 지금 보이는 것보다 더 먼 곳이 있다고 믿어보거라.

바다가 보인다. 바다라면 섬 몇 개는 갖고 있다는 것쯤 우리도 알고 있으니 거기엔 섬도 있다. 가깝고 작은 섬, 멀고 커다란 섬이 모두 같은 크기로 보인다. 우리는 안다. 보일 듯 말 듯한 섬의 존재가 그날의 날씨를 점칠 수 있게 한다는 것. 날씨 때문에 기우는 운도 있는 법이라는 것. 섬에는 부드럽게 발가락 사이를 빠져나갈 물이 있다. 물

김리윤

이 돌 굴리는 소리가 있다. 오늘은 정말 잘 보인다. 이렇게 보들보들한 물이 돌을 깎다니 참 이상한 일이지. 동그마한 돌 하나씩을 줍는다.

　이렇게 단단한 물건을 만들 때는 재료를 녹이는 것에서 시작해야 하는 법이란다. 이게 뭐로 만든 건지 알면 깜짝 놀랄 게다. 우린 돌을 놓고 둘러앉아 할머니 이야기를 들으며 자랐지. 녹인 것을 굳혔다고 하면, 그 많은 게 결국 다 여기 녹아 있다고 하면 뭐가 들었대도 믿게 되겠지. 이런 식으로 세계를 믿었지. 희망, 희망, 희망…… 단어들을 혀로 굴리며. 희망을 녹여 만든 세계에 우리도 녹아 있다고. 세계란 그런 물질이라고. 그러나 상상은 지겹다. 모든 게 다 여기에, 안 보이는 상태로 있다는 상상은 지루하고 고리타분하고 가짜이며 믿음이 없다. 사실 믿음도 지겹기는 마찬가지다. 이제는 믿음 같은 것 필요 없는, 그냥 있을 뿐인 사실을 원한다. 신비도 지겹다. 신비 없이, 모든 것이 시선 아래 낱낱이 드러난 사물과 풍경을 원한다. 파헤칠 필요 없이, 길을 잃을 수도 없이, 어디를 헤매고 다니더라도 출구가 훤히 보이는 장소를 원한다. 사방이 출구인 장소를. 우리는 언제나 한발 늦게 보지. 발생을 허겁지겁 뒤따르는 시선. 그것이 우릴 안심시킨다. 이불 밖으로 손을 내놓고 푹 잠들게 한다.

땅이 부족하다면 불을 지르거라. 불에 잡히지 않도록, 잡혀도 상관없도록 먼 델 보도록 해라. 불타며 넓어지거라. 너른 불 속을 느긋하게 걸어가거라. 멀어지거라. 불이 집어삼키는 것들을 다 잊거라. 불이 가진 전망은 지나간 자리를 모두 집어삼킬 수 있다는 잠재력 속에 있는 법. 불을 헤집고 그것을 들여다보거라.

어제 있었던 일이 모두 사라진다면, 어제도 오랜 옛날이다.[*]
오늘 그 섬 보여?
누군가 묻고
조그맣고 납작한 자연이 자신을 복원한다.

---

[*]   다와다 요코, 『지구에 아로새겨진』, 정수윤 옮김, 은행나무, 2022.

전망들

흰옷은 입는 순간 흰 것이 아니게 되고야 만다
소맷부리를 세탁비누로 문지르며 물 앞에 서 있었지
비누는 모서리가 둥글고 희지 않은 것
황망히
손끝이 허옇게 불어 터지도록
새로 만든 흰 거품들이 더러워지는 것을 보다가

우리 어디에 묻힐까
잠 대신 어디에

몸에 익은 더러운 이불을 꼭 쥐고
깨끗하게 파묻힌 잠을 모두 잃어버린 사람들과
묻힐 곳을 찾으러 왔어
눈덩이를 부풀리듯이 경단을 빚듯이
작고 연약한 잠을 굴리면서

여기가 장소일까?
대답을 찾지는 못했지만
여긴 참 잠들기에 좋으니까
아무튼 우리의 집이라고
집은 습관이나 마음의 상태라고 할 수도 있지 않겠느
냐고 했어

정말로, 정말로 멀리 와 있어
어디서 멀어진 것인지 알 수도 없을 만큼 멀리

어디를 둘러봐도 아이들이 잠들 때까지 들려줄 이야기가
밤낮없이 꾸벅꾸벅 조는 사람들의 평화로운 얼굴이 있
는 곳
난폭한 졸음 사이로
혼곤한 잠 안팎으로
결말 없이 스르르 점멸하는 이야기가 굴러다니는 곳

여기서 나는 이야기의 천재가 된 것 같고
잊은 것만 빼곤 무슨 이야기든 할 수 있었지
겪고 본 것, 상상한 것, 있었던 일과 없었던 일
오거나 오지 않은 시간을, 지나간 시간을

김리윤

번복되는 지금을

기억은 충분히 허약하지 않고
시간을 부리고 다니면서
언제나 갓 캐낸 것처럼 신선한 얼굴을 들이밀지

아무것도 꿈은 아니다
형광등이 켜진 환한 방을 서성이느라
백주 대낮을 다 흘려보냈지

자연스럽게 주어지지는 않는 빛
형광등이 켜진 방에서
한낮을 상상하기
한밤중을 상상하기

상상한 것을 믿기
산을 무서워하는 사람이 높이를 생각하는 상상력
그런 것을 용기라고 부른다면

빛남 없이
빛에 속한 채

잠든 사람에겐 도무지 거리 감각이란 게 없고
무람없이 서로의 잠 속을 헤집으며

반복되는 잠 반복해서 살기
죽도록 사랑하고 싶음
처음부터 다시

어떤 흰 것도 기억 속의 흰색만큼 충분히 희지 않네

김리윤

가변 테두리의 사랑

> 사랑은 융합 또는 분출이 전혀 아니다.
> 사랑은 둘이 둘로서 존재할 수 있다는 것에 대한
> 힘든 조건이다.
> ──알랭 바디우

당신은 이 장소의 부분이 된다. 이 장소의 일부인 당신이 움직인다. 움직임으로써 장소를 변화시키며. 기척과 동선을 발생시키며. 공기가 바스락거린다. 당신 주변으로 조도가 부서진다. 당신이 점유했다 놓아주는 숨의 내부로 냄새가 모여든다. 당신 귓가에서 잘게 잘게 조각난 소음들이 진동한다. 당신은 여기저기로 시선을 흩뿌리며 서성인다. 당신의 응시 아래에서 선은 움직이기 시작한다. 구부러진 모서리를 펴며, 닫힘을 해체하며, 안팎을 거부하며 유동하는 윤곽으로 움직인다.

선의 망설임. 선의 거침 없음. 선이 제자리를 벗어나려

애쓴 시간들. 선이 같은 자리를 맴돈 몸짓들. 선이 말하지 않은 것들. 끝내 말해진 것들. 아름다움을 향하려 하지 않는 마음. 온갖 생각들의 쑥대밭. 생각이 되기 이전의 동작들. 물질과 불화하기 이전의 생각들. 손끝에 붙은 마음의 마음대로 움직임. 선은 부드럽게, 어떤 것도 가두지 않는 방식으로 윤곽을 이룬다. 선은 가장 얇은 장소를 만들 줄 안다. 선은 닫힐 수 없는 가장자리다. 선은 움직임을 둘러싼 시간과 공기를, 기척을, 동선을 잡아채 고정한다.

당신의 시선 아래에서 그것들은 다시 풀려난다. 당신은 부드럽게 생동하는 선들을 본다. 물질의 표면을 떠도는 선. 안팎의 구분을 무화시키는 선. 덩어리의 멈춰 있음을 깨뜨리는 선. 언제나 무언가를 향해 어딘가로 움직이는 선. 출렁이는 시간의 표면을 따라 유동하는 선. 모든 거리를 가로지르는 선. 자꾸 열리는 윤곽을 가진 선. 손의 망설임, 손의 더듬거림, 손의 의지, 손의 마음, 손의 운명, 손의 방향, 손의 물성을 숨길 수 없는 선. 당신은 선에 포개진 손을 생각한다. 당신은 움직이는 손을 본다. 움직임을 포착하려는 손의 움직임을. 선을 발생시키려 서성이는 손을. 정신과 물질 사이를 오가는 손. 벌려둔 거리를 무용지물로 만드는 손. 의미에 사로잡히지 않는 손. 행위 자체만

김리윤

을 남겨두려는 손. 시간에 속한 사랑을 영원 속에 던져두는 손. 사랑의 가장자리를 헝클어뜨리는 손.

당신은 언제나 움직임을 향하는 선이다. 당신은 무한한 시간을 원하지 않는다. 그러나 끝없이 경계를 수정하는 움직임은 영원과 구분할 수 없다. 당신이 영원을 원한 적 없다 해도 당신의 어떤 부분은 영원에 포섭된다. 당신은 무너지는 몸의 경계를 느낀다. 당신은 쉼 없이 무너지고 복원되는 사랑의 모양을 본다. 당신은 경계를 수정하는 사랑의 테두리를 만진다. 당신은 조그맣고 단단하게 덩어리진 영원을 여기에 둔다. 소음이 영원의 둘레를 감싼다. 영원에 부딪히며 더 조그만 소음으로 쪼개진다. 몸 없는 냄새가 파편들을 에워싼다.

남는 것은 의미가 아니다. 선은 시간 바깥에서 움직이며 자신의 경계를 수정한다. 사랑의 부스럭거림이 공간을 채운다. 당신은 손안의 시간을 만지작대며 이곳을 빠져나간다. 유동하며 지속되는 영원을 본다. 사랑 안에서 언제나 부스럭대는 움직임을 본다. 선은 둘이 둘로서 존재할 수 있다는 것에 대한 힘든 조건을 그린다.

다시, 당신은 언제나 사방으로 열려 있는 선을 본다.

선은 부드럽게 사랑의 표면을 흘러 다니며 테두리를 헝클어뜨린다.

사랑과 함께 미래의 사랑을 향한다.

◊ 양주시립민복진미술관 기획 전시 〈무브망—조각의 선〉 연계 텍스트를 고쳐 씀.

김리윤

새 손으로

사방이 뚫린, 넓게 펼쳐진 공간. 모든 곳이 출구이고, 문이 없고, 벽이 없고, 기둥이 없고, 구획이 없고, 안팎이 없어 어쩐지 공간이라고 부르기를 저어하게 되는 널따란 지면에 서 있는 사람을 상상해보면 그이의 뒷모습은 아무래도 무언가를 전망하는 사람 같진 않다. "넓고 먼 곳을 멀리 바라봄"이라는 '전망'의 사전적 의미를 거의 정확하게 수행하고 있음에도. 그이의 시선이 가없는 먼 곳까지 던져지고 있음에도. 그이의 발바닥이 접한 지면은 발의 주변을 둘러싼 풀 한 올보다도 낮은 지대에 있으며 그이에겐 벽이 없고 벽이 없으므로 너머를 보려는 욕구도 없다. 벽이 부재한다는 것은 창문을 필요로 할 욕망의 주체도 부재한다는 뜻이다. 몸을 살짝 돌리는 것만으로도 시력이 허락하는 범위까지 멀리 바라볼 수 있음에도 전망을 갖지 못한 그이는 전망을 갖기 위해 무엇을 할 수 있을까. 무너뜨리거나 창문을 낼 벽이 애초에 없을 때, 훤히 뻗어나가는 시선이 막연함이 되어 돌아오거나 돌아오지 않을 때 우리는 어떤 전망을 가질 수 있을까. 어떤 방식으로 전망을 획득하려 할까.

사방이 출구인 장소란 결국 같은 미로를 복제해 방향만 돌려 포 갠 것처럼 아무리 멀리 가도 끝없이 맴돌게 되는 시선일지도 모른 다. 벽을 무너뜨리기는 쉽다. 제약과 방해는 전망이 필요로 하는 조건이다. 창문 너머로, 유리 너머로, 높이를 발아래 두고, 잠깐 엿 보듯이, 멀리 보는 먼 곳만이 전망이 될 수 있다. 유리에 달라붙은 먼지나 물 자국과 함께. 등 뒤로 펼쳐진 풍경의 방해를 받으며. 보 이는 것을 향해 달려 나갈 수 없는 지면 위에서. 걸음과 함께 주어 질 허공을 두고. 전망은 '펼 전展'과 '바랄 망望'으로 이루어진 단어 다. 펼쳐진 것을 바람. 바람을 펼침. 바라는 것이 펼쳐짐. 이미 먼 곳 을 멀리 바라보는 일은 이런 것일까. 그 바라봄의 시선과 동작이 무 엇을 바라는 인간의 마음과 붙어 있다는 것이 이상하고 좋다.

　전망을 내기 위해서는 벽이 필요하고 벽을 뚫거나 부수는 동작 이 필요하고 깨끗한 유리가 필요하고 눈이 필요하고 때로는 눈을 보좌할 렌즈가 필요하고 날씨의 도움이, 주변 환경보다 높은 지반 이 필요하다. 전망을 버리기 위해서는 두 손이면 충분하다. 손을 들어 올려 얼굴로 가져가세요. 손이라는 이상한 정물에 가로막힌 시선. 손이라는 조그맣고 연약한 물질이 넓고 먼 풍경을 삭제한다.

　손이라는 이상한 정물. 강한 빛과 포개어두면 반투명한 물질로

　　　　　　　　　　　　김리윤

보일 만큼 얇은 피부와 살점으로 감싸인 가느다란 뼛조각들. 그 연약함이 어처구니가 없고 조바심이 날 정도로 위태로운 정물. 무엇이든 복원하려는 본능을 내재한 것처럼 움직이는 정물. 부서진 물질을 올려두는 것만으로도 그것을 복원하는 다음 장면을 만들어내는 정물. 손이 내포한 연약함이 손안의 것들을 세상 모든 것들로부터 안전하게 감싼다.

손바닥을 펼쳐 다 보이는 곳에 두는 것도 사랑을 보여주는 한 방법이고
도저히 펼칠 수 없는 손안에 든 것을 대신 봐주는 것도 사랑을 보여주는 한 방법이라면

무엇을 얼마나 볼 수 있건 없건 우리는 만날 수 있고 서로의 얼굴을 향해 시선을 던질 수 있고 던진 시선이 얼굴을 넓히고 얼굴 깊숙이에 먼 곳을 만든다. 먼 곳을 멀리 보면서 서로의 너저분하고 단단한 손끝에 닿을 수 있다는 사실이 우리를 안심시킨다. 이것이 믿고 말고와 관계없이 그냥 있는 사실이라는 것이. 내가 입고 있는 흰옷은 언제나 흰옷이 아니게 된다는 사실이 마음에 든다. 그런데도 이것을 흰옷이라고 쓸 수밖에 없다는 것이. 우리가 본다는 일과 엉망으로 뒤엉켜 너저분한 전망만을 가질 수 있다는

것이. 그것만을 전망이라고 쓸 수 있다는 사실이.

그이는 이제 두 손을 이불 밖으로 내민 채 깨끗한 잠에 파묻혀 있다.

잠든 사람의 시선은 가늘게 떨리는 얇은 피부로 덮여 있다.

그것은 희끗하게 핏줄을 비추며 전망을 덮고 있다.

작고 얇고 미약한 움직임, 다섯 개의 손가락이면 망치기에 충분할 부드러운 물성.

그 부드러움이 요구하는 한순간의 누락도 없는 시선.

아주 조그마한 운동성 때문에 눈꺼풀은 먼지도 쌓이지 않을 만큼의 시간 동안만 세계와 접한다.

같은 몸에 속한 두 손은 무엇이든 복원하는 다음 장면을 만들어 낼 것처럼 오목하게 펼쳐져 있다.

보고 있노라면 올라가 벌렁 드러누워버리고 싶어지는 손이다.

얼굴이 부서진다면 손안에 올려두면 그만이겠지.

손에 무엇을 올려두는 일에 늘 신중해야 한다.

무엇이든 얼기설기 잇고 뭉쳐서 복원하는 것이 손의 본성이라면 손 위에 드러눕고 싶은 것은 부서진 것의 본성이다.

그이의 얼굴로 시선을 던진다.

얼굴은 넓게 멀리 펼쳐진다.

김리윤

얼굴을 멀리 바라본다.

전망이 어른거린다.

이 전망에 집어삼켜진 채로 유일한 잠 같은 아늑함을 느낀다.

강동호

김리윤의 시는 의미의 구조가 해체되고 새로운 경계가 그어지는 화려하고 동적인 언어의 풍경을 연출하는 중이다. 의미를 요구하지 않는 세계, 단지 있음만으로도 충분히 아름답고 가치 있는 존재들의 세계를 구축하려는 김리윤의 건축술은 새로운 사랑의 발생이 가능한 시적 공동체를 화사하고도 눈부시게 만들어가는 중이다.

김언

김리윤의 시에서 세계는 언제나 크고, 큰 만큼이나 알 수 없는 영역으로 가득 차 있다. 커다란 미지의 세계를 자유자재로 활보하기보다 마치 가위에 눌린 사람처럼 간신히 손가락을 움직여서 더듬는 화법이 인상적이다. 너무 커서 오히려 작은 것들만이 손에 잡히는 세계에 몰두하는 방식으로 말하는 시. 조각나고 부스러진 이 세계를 더듬더듬 꿰매고 이어 붙이는 과정이 한 땀 한 땀 시의 언어를 기워가는 과정과 다르지 않음을 실천하는 사례이기도 하다.

김행숙

김리윤은 '풍경'을 그리는 것이 아니라 '공간'을 감지한다. 고대 그리스의 자연철학자들이 세계를 구성하는 물질을 가정했다면, 그는 물, 불, 공기, 흙, 원자, 분자를 직접 만지고 느낀다. 김리윤의 시-공간은 아직 이것도 아니고 저것도 아닌 상태의 재료들로 미만해 있다. 이것도 아니고 저것도 아닌 것을 '경계'라고 한다면, 그에게 시 쓰기는 경계에서 다른 미래를 전망하고 기다리는 일이다.

이광호

김리윤의 시들은 공간과 장소, 구조와 선에 대해 말하지만, 또한 '사랑'과 '시 쓰기'에 대해 말한다. 「전망들」(p. 29)에서 "공간을 무화시키는 움직임"은 사랑의 행위이며 동시에 시 쓰기의 활동 그 자체이다. 형태와 선은 정교하게 해체되고, 새로운 통로를 만들고, 그렇게 시는 재생성된다. "유령이라고 둘러댈 수 있는 형태"는 "좁다랗게 깊어지는 방식으로 넓어"지는 동시대의 가장 정밀한 시적 구축물 중의 하나이다.

이원

김리윤의 정교한 구조와 언어는 '3차원의 해체'를 시도하는 중이다. 3차원의 시공간과 그곳에 깃든 '움직임'을 나노의 방식으로 세분화한다. 덮여 있던 것들을 걷어내기 위해서다. 그 결과 '본래'가 나타나는데, 그곳은 번번이 놓치고 있던 또는 착각하고 있던 것을 회복시키는 자리다. 그래서 그의 시는 "사랑과 함께 미래의 사랑을 향한다"(「가변 테두리의 사랑」).

홍성희

손잡는 일을 믿어버릴 수 없음에도 불구하고 믿음의 손을 놓지 않아야 할 때, 김리윤의 언어는 나란한 활자들을 만드는 손끝의 움직임이 된다. 어떤 움직임을 옮겨 적는 일은 선을 움직여 글자를 만드는 이편의 운동이 되어, 전과 다른 시공간을 향한 마음을 잇는다. 지금 여기의 완고한 세계는 활자와 함께 끝없이 부서지고 재조합되기를 반복할 수 있어야 한다. 그런 믿음으로 김리윤의 언어는 내일의 이곳을 단단히 지킨다.

김보나

2022년 『문화일보』 신춘문예를 통해 작품 활동을 시작했다.

세 명의 신을 위한 세 개의 방[*]

신년은 어느 방향에서 오는가. 인천공항을 헤매다가 기도실을 발견했다. 소리를 죽이고 입실하자 고개 숙여 침묵하는 회교도가 보였다. 기도실 바닥에 그려진 나침반이 동서남북을 가리켰다. 나는 기도할 것이 없어 생각에 잠겼다.

이국의 박물관에 도착해 나무와 석고로 만든 신전을 보았다. 벽면이 없었다. 사람들은 세찬 바람을 맞으며 눈앞의 조각상 앞에 무릎을 꿇었을 것이다. 이곳에서 신의 일은 사람들의 시선을 견디는 것. 나는 카메라를 들어 신의 얼굴을 촬영했다. 플래시를 터뜨리지는 않았다. 빛에 잠기는 순간 신의 얼굴은 훼손된다.

박물관을 나서자 거리에서 크리스마스 마켓이 한창 열리고 있었다. 노천카페의 탁자 아래 개들이 코를 비비며 사교를 나눴다. 평범한 인간의 육체에는 개 한 마리를 죽이고도 남을 만큼의 유황이 함유되어 있다.[**] 내가 손을 내밀자 그것을 핥은 개가 깽깽 짖으며 뒷걸음질 쳤다. 차가워진 양 손바닥을 비비는 그때 타는 냄새가 코끝에 아른거렸다. 내가 가진 유황은 나를 태울 만큼 충분할까.

집으로 돌아온 나는 개수대에서 그릇을 부셨다. 설거지를 하는 동안 세상에 등을 돌릴 수 있다고 믿었다. 고개를 숙이고 설거지통에 맨손을 담갔다. 열 손가락이 물속에서 일그러져 보였다. 그것을 가까이 보려는 순간 물이 나의 얼굴을 촬영했다. 물에 잠긴 것, 그것이 마지막 기억이었다.

---

* 로마의 건축가인 비트루비우스Vitruvius는 저서에 "에트루리아의 신전은 사각형의 형태로 지어졌다. 너비는 길이보다 약간 짧고, 앞부분의 반은 돌기둥으로 세워져 있으며 뒷부분의 반은 세 명의 신을 위한 세 개의 방으로 나뉜다"고 적었다(국립중앙박물관 특별전 해설 중 일부 발췌).
** 올가 토카르추크, 『방랑자들』, 최성은 옮김, 민음사, 2019.

김보나

유리우주[*]

별을 취미로 관측하는 사람이 되고 싶었는데
그건
저물녘을 기다리는 사람으로 자란다는 뜻이었다

델타
내 것이 아닌 별의 이름을 부르며
나는 궁금해했다

아름다운 것을 빌지 않고도
그런 사람이 될 수 있을까

유성우가 약속된 밤이었다
바람에선 짠 냄새가 났다

망원경은 점점 좁아지고
그것을 사이에 둔 별과 내가 대적한다

너는 너무 부드러워

그런 말을 한 게
비밀경찰이라면

나는 금서를 만들었단 이유로
잡혀가고 싶었어

델타
어쩌다 살아남았는데
살해되지 않으려면 뭘 더 해야 해

춥지 않으냐고
누가 물어서
기후를 예감하는 밤

몰래 걸음걸이를 연습했다

살아 있으면서
무중력을 걷는 보법을 알고 싶어서

김보나

입술을 깨물면
계피 냄새가 났다

주머니를 뒤지면
언제 넣었는지 기억나지 않는
작은 구름이 녹아 있었고

끝없이 녹아내리는 구름을 쥐고 걸었다

알고 있다

어떤 아름다운 일들은 종종 밤에 일어나고
나는 그 기억의 주인이 아니다

*   데이바 소벨, 『유리우주』, 양병찬 옮김, 알마, 2019.

윙 스팬Wing Span*

여름이 오기 전의 일이다
나는 산을 오르고 있었다

곁에서 한 사람이
함께 걷고 있었다

산악인이 아니면서 산을 즐겨 오를 수 있듯
나는 사랑의 전문가가 아니면서
한 사람의 손을 잡기도 했다

땅거미가 찾아오고
박쥐 무리가 날아가는 저녁

박쥐는 시력을 포기했기 때문에
어둠을 헤쳐 나갈 초음파를 얻었다고
들은 적이 있다

김보나

그렇다면
어둠 속을 같이 걷고 싶은 사람에겐
이렇게 말해야 하는지도 모른다

우리 같이 진화하자

진화와 퇴화가 선택이라면
양팔과 날개를 교환할 기회가 생긴다면
두 팔을 남겨 사람을 안겠다고 말하자

겨우 날개가 달린다고
천사가 되지는 못할 테지만

검은 날개를 달고도
악마가 될 수 없다면
사람과 공생하는 연습을 시작하자

산에서는
한 사람이 곁으로 다가서면
그림자가 드리우기도 했다

드리우는 그림자의 형태

무언가가 강림하는 저녁이다

66   김보나

여름 느낌 단편

코어 근육이 없어서
벽에 붙어 앉는 편입니다

백색 페인트를 손수 칠한 방에 있습니다
비가 오면 침수되고
불이 저절로 꺼지는 방입니다

이 건물의 맞은편에는
남자 중학교가 있습니다

휴일에도 야구부의 훈련은 계속됩니다

야구공이 배트에 맞아 날아갑니다
타구 리듬에 맞춰 불은 꺼지고 또 켜지는군요

나의 언니는

신촌에서
야구 연습하는 걸 좋아하는 사람

동전을 넣으면 공이 날아오는
무인 연습장에서

투수가 공을 던지는 타이밍에 맞춰
나와 언니는 각자 배트를 휘둘렀습니다

졌습니다

어둠 속에서 공은 계속 날아오고
언니는 쉼 없이 배트를 휘두르는군요

좌타 좌우타 우타

동전을 넣으면
언제든지 게임을 할 수 있으니까요

나는 나에게 동전을 먹입니다

　　　　　　　김보나

동전을 넣으면

언니 입술이 뺨을 스쳤으면 좋겠어요

사탕이 네 개밖에 남지 않았습니다

일식이 다가오면

빌고 싶었습니다

언니

나 코어가 없어서

언니에게 붙지 않으면 살아갈 수 없어요

이인용 고백을 연습하는 동안

비가 내렸습니다

피자두 한 상자를 주문했습니다

가고 싶었던 여름 축제

너무 무른 과실

늦게 도착한 여름 신상 티셔츠

자두의 빨강을 한 알 한 알 씻으며
나는 한 사람만을 위한 고백을
알알이 쌓아가고 있습니다

나도 알아요

언젠가 이것은
다른 사람에게 좋아해요,라고 말하기 위한
예행연습으로 끝날지도 모른다는 것

하지만 나는
내가 받은 모든 편지를
과일 상자에 보관하는
그런 사람이 되기로 했어요

깨끗하지 않은 바다를 봐도
못 견디게 설렌 여름

김보나

딸기의 고장에서 태어난 사람

딸기의 고장에서 왔다는 사람을
워킹홀리데이 회화반에서 만났다

그에 따르면 딸기의 고장은
겨울이면 이상하리만큼 활기를 찾는 동네라고 했다

한겨울이면 마을에는 딸기가 넘쳐서
─딸기?
─딸기!
이런 인사가 일상이라고 했다

구시대적이라 지금은 사라진
미스딸기대회가 열리기도 했고

누군가에게 반한 사람은
"당신이 내 주머니에 딸기를 넣었어요"

이렇게 고백하기 마련이라나

한 사람이 세상을 떠난 겨울이면
"그분은 딸기가 없는 곳으로 떠나셨습니다" 하고
묵념을 올리는 풍습이 있었으나

교인들의 강한 반대에 부딪쳐
요즘은 달리 표현하는 추세라고 했다

천국에도
딸기는 있다나

호주 브리즈번의 한 농장, 드넓은 하늘 아래
허리를 수그리고 힘겹게 딸기를 딸 때면
간간이 그가 떠올랐다

가장 좋은 것을 딸기,라고 부르는 사람에게
딸기 한 소쿠리를 안은 나는 어떻게 보일까

우리 앞엔 저마다의 이랑이 있고
숨 막힐 정도로 새빨간 딸기가 펼쳐져 있다

김보나

언젠가 찾아오는 겨울을

제철이라고 믿으며

발버둥 치는 딸기,

겨우내 무르익은

못생긴 딸기, 물크러진 딸기, 작거나 멍 든 딸기가

이곳에서는 전부 나의 것이다

제일 못난 딸기를 따서

가장 빨간 부분을 베어 문다

그리고 딸기의 일부가 내게 스며들게 놔둔다

겨울다운 과일은

이런 맛이구나

천사의 몫

　시를 여러 편 모아보고서야 내 시에 외국이 종종 나온다는 걸 알았다. 외국에 가본 적도 없으면서 외국에 대해 쓰는 건, 내 이름이 어느 외국인에게서 따온 거란 사실을 알기 때문인지도 모른다. '보나'는 가톨릭 성녀다. 성녀의 대표 격인 안나, 마리아, 엘리사벳처럼 유명하진 않지만.

　말도 못하는 영아 때 세례를 받아서 그런지 어릴 적부터 나를 따라다니던 이미지가 있다. 몸집이 작은 내가 구름 위에 걸터앉아 세상을 내려다본다. 푸른 눈과 검은 눈이 스쳐 지나간다. 그러다 구글 스트리트 뷰를 켠 듯 갑자기 나라 하나가 확대되더니 어떤 여자와 남자가 보인다. 삶이 녹록지 않아 보이는, 아직은 서로를 모르는 한 남자와 여자. "마음에 드니? 거기 가고 싶어?" 날 지켜보던 누군가가 물어서 고개를 끄덕했다. "가려면 날개를 버려야 돼." 고민 끝에 끄덕. 누군가 등을 미는 느낌 그리고 페이드아웃. 어째서 가난한 집이 좋았니……? 아기 천사가 사람이 되었다는 이야기를 믿을 순 없지만, 한 푼이 아쉬울 때면 괜히 세상 물정 모르는 천사를 탓하고 싶어진다.

　이번 여름엔 영국 록 밴드 '오아시스'의 일대기를 다룬 다큐멘터

　　　　　　　　　　　　　　　김보나

리를 봤다. 공연을 앞두고 다른 나라의 공항을 방문한 그들에게 출입국 관리원이 물었다. "여기 온 목적은요?" 아직도 자기를 못 알아보는 사람에게 화가 났는지 리암 갤러거는 이렇게 말했다. "난 록스타야. 너희 영혼을 훔치러 왔다!" 이렇게 말하자니 좀 머쓱하지만 사실 멋져 보였다. 내가 쓰는 시도 그랬으면 좋겠다고 생각할 만큼.

어느 나라에선 천사가 잘 숙성된 위스키를 몰래 훔쳐 먹는다고 믿는다. 숙성되는 동안 알코올이 증발된 나머지 통을 열면 위스키가 눈에 띄게 줄어 있다. 이렇게 사라진 부분을 양조장 사람들은 '천사의 몫'이라 부른다고.

성녀도 아니고 천사도 아니면서 가끔 신을 생각한다. 아플 때, 소중한 것을 잃었을 때, 수중에 가진 것이 없을 때 주로 그런 것 같다. 이런 때 시를 쓰면 소위 말하는 '영혼'이 담길 확률이 높아지는지도 모르겠다.

다른 사람들은 어떤 때 시를 찾을까. 잘은 모르겠지만 몰래 술 마시고 손버릇도 나쁜 천사가 산 정상에 오른 당신 옆에 뚝 떨어졌다고 치자. 더 이상 성당에 가지 않는 천사가 자판기에서 음료수를 뽑는 당신을 물끄러미 바라본다. 입국 허가도 못 받고 걸어 다니느라 목이 마른 것 같다. 그러니 순순히 내주세요. 당신 영혼에서 오크향이 나는지 알아봐드릴 테니(큰일이다. 이 글 읽으면 엄마가 성당 가라고 할 텐데).

강동호

김보나의 시를 읽다 보면 다채로운 상상력과 유려한 시적 전개 이면에 고여 있는 모종의 시선이, 누군가의 아픔과 고통을 오랫동안 바라보고 있는 사람의 흔적이 느껴진다. 어쩌면 김보나에게 시 쓰기란 살아 있다는 사실이 불가피하게 선사하는 슬픔과 공생하는 법을 연습해나가는 과정인지도 모르겠다. 누군가의 고통을 껴안으려는 그의 다정한 시적 태도에서 우리는 시의 아름다움과 윤리가 서로 다른 말이 아니라는 사실을 새삼 깨닫게 된다.

김언

김보나의 시는 수월하게 읽힌다. 어려운 수사나 작위적인 설정을 가하지 않고서도 충분히 시가 될 수 있음을 증명하는 가운데, 자신을 성찰하면서 세계를 통찰하는 시선이 시편들 곳곳에서 번뜩인다. 그만큼 품이 넓으면서 깊이까지 담보한 시라고 할 수 있다. 때로는 연시戀詩처럼 읽히고 때로는 신성神性을 건드리는 시로도 읽히는 그 넓은 품을 감당하기 위해서도 필수적인 사유의 언어가 시편마다 심지처럼 박혀 있는 점이 미덥다.

김행숙

김보나는 신성神聖이 꺼져버린 세계에서 시적 빛이 어리는 순간들을 민감하게 캐치한다. 성聖은 아우라의 빛에 둘러싸여 구별되는 것이 아니라, 세속의 먼지가 눈을 흐리는 사이로 언뜻 스쳐 지나가는 슬픈 그림자처럼 어른거린다. 그것은 숭고가 아니라 연민과 사랑의 언어를 요청한다. 그의 언어는 사랑의 고백을 예약하고 있다. 떠나려는 사랑의 옷깃에 아슬하게 스친 손의 감각을 우리에게 가져다준다.

이광호

우주의 아름다움을 표현하거나 상상하는 것이 시의 영역이라고 생각할 수도 있다. 김보나에게 「유리우주」의 세계는 우주의 아름다운 것들을 확인하는 것이 아니라, "내 것이 아닌 별의 이름을 부르며" 어떤 의문과 불안을 마주하게 되는 곳이다. "어떤 아름다운 일들은 종종 밤에 일어"난다는 것을 알고 있지만, '내'가 "그 기억의 주인이 아니"라는 것을 느끼게 되는 그런 은밀하고 우주적인 밤 말이다.

이원

말갛고 나직하고 유머러스한, 누구와도 안 닮은 언어다. 김보나는 세상 속 풍경을 통과하는데, 그 안의 나는 나를 내세우지 않는다. 그렇다고 일부러 지우려거나 숨기려고 하지도 않는다. "어떤 아름다운 일들은 종종 밤에 일어나고/나는 그 기억의 주인이 아니"(「유리우주」)라는 그의 시를 읽으면, 슬픔을 작고 빨간 심장처럼 만지작거리고 있는 생물을 마주하는 느낌이 든다.

홍성희

김보나의 시는 숭고를 향한 믿음들에 벗겨낼 수 있는 피부를 만들고 거기 자취를 남겨온 시간의 결들을 가만히 바라본다. 누군가의 신전을 마주하는 일은 그 아득한 맹목이 자기 것일 수 없는 이유를, 그럼에도 불구하고 신전의 곁을 맴도는 중인 마음의 까닭을 들여다보는 일이기도 하다. 자꾸만 이국異國/夷國을 만들어내는 것이 믿음의 방법이라면, 김보나의 시는 이방인의 기분으로 그 복판에 들어가 글자를 적는다. 그의 글자는 구체적으로, 거기에 있다.

문보영

2016년 중앙신인문학상을 통해 작품 활동을 시작했다.
시집『책기둥』『배틀그라운드』
『모래비가 내리는 모래 서점』이 있다.

방한 나무

있잖아, 지금부터 내가 지어낼 세상에는 난방이라는 개념이 없어.

실내 온도를 좀 높일까요?

이런 말은 아무도 하지 않아. 대신 사람들은 방한 나무에 의지하지. 방한 나무는 스스로 엄청난 열을 내. 이 나무는 실내에서는 자랄 수 없고 어떻게든 길바닥에서 살아야 해. 실내에서 키우면 자살해버리거든. 온기가 필요한 인간은 나무 앞에 줄 서서 기다리지, 나무를 껴안으려고. 나무는 죽을 때까지 키가 크고 나무는 한자리에서 움직이지 않아. 사람들은 출근길에, 사랑하는 사람을 만나러 가는 길에, 공항에 가는 길에, 퇴근길에, 이별하러 가는 길에 나무를 껴안아, 따뜻해지려고. 죽으러 가던 사람도 차에서 내려 방한 나무를 껴안아, 죽을힘을 내려고. 나무는 추운 인간을 멈추게 해. 그래서 이 나라에서 포옹

ighlek과 멈추다ighlek*는 같은 단어야. 너무 추운 날에는 인간들이 죄다 나무에 들러붙어 아무것도 안 해. 나무에 들러붙어서 무슨 생각을 할까? 미납 공과금, 덜 마른 빨래, 저녁거리, 타이어 공기압, 빚 갚을 능력, 막힌 변기를 떠올려. 그리고 이런 생각도 해. *우주의 시간으로 보면 나는 존재했던 시간보다 존재하지 않았던 시간이 더 길었으니 내가 없을 때 더 나다운 게 아닐까?* 먼지 같은 생각들. 그동안 열은 고온의 물체에서 저온의 물체로 전달되고 사람은 온기를 느낀다.

인간을 껴안고 있을 때 방한 나무가 하는 상상:

지구가 갑자기 자전을 멈추면
존재들은
허공을 향해 쏟아진다
비가 내리고 있다

* 옴니크어—옮긴이.

적응을 이해하다

사람은 눈을 깜빡이는 데 평균 0.4초 걸린다. "*너무 빠른 거 아니야?*" 올리비아는 인간이 조금 더 느리게 살 필요가 있다고 생각한다. 느린 삶에는 화장실에 더 오래 머물기, 운동 안 하기, 천천히 눈 감았다 뜨기 등이 포함된다. 올리비아는 대화 도중 상대방이 눈을 깜빡일 때면 0.4초 간격으로 죽었다가 살아 돌아온다고 느꼈다. 또는 다른 사람으로 변신한다고. 그렇다면 인간은 하루에 1만 5000번 변신하는 셈이다. 이는 내가 절대로 나 자신에게 적응할 수 없는 이유이기도 하다. 올리비아는 눈을 덜 깜빡이되 눈을 감고 있는 시간은 길어져야 한다고 믿는다. 그가 구상 중인 세계의 인간들은 한 번 눈을 깜빡일 때 3초 정도 걸린다. *나는 우리가 조금 더 오래 눈을 감고 있을 필요가 있다고 믿어요. 나는 그게 인간의 건강에 더 좋을 거라고 확신해요.* 그가 지어낸 세계에서 인간은 나이를 먹을수록 눈을 깜빡이는 속도가 현저히 느려진다. 가령, 80세 노인은 눈을 깜빡일 때 10초 걸린다. 두 노인이 대화를 나누

며 번갈아 10초씩 눈을 감는 바람에 장기나 체스 한 판을
끝내는 데 오래 걸린다.

　사람들은 눈을 너무 오래 감고 있는 나이 든 사람을 가
리켜 이렇게 말한다.
　"저 사람은 적응하고 있다"
　라고.

　　　　　　　　　　　　　　방음 구슬에 사는
　　　　　　　　　　　　올리비아의 딸은 물었다.
　"엄마, 할아버지는 왜 저렇게 눈을 오래 감았다 떠?"
　　　　　　　　　　　"할아버지는 적응 중이셔."
　　　　　　　　　　　　　　　"어디에?"

　올리비아가 생각하는
　이상적인 인간은 다른 사람들보다 조금 더 지쳐 있는
존재다.

천국에서는 누가 깨워주지 않기 때문에
스스로 일어나야 한다

천사는 미술 시간에 인간을 그린다

인간의 정면과 후면을 그렸으니 측면으로 넘어간다

사람의 측면은 아름답다 기준선을 이탈해가며 사람의
측면을 완성한다

신은 천사가 그린 사람의 측면이 틀렸다 한다

미래는 현기증이다

천국에서 화재경보기는 화요일마다 울린다

생각보다 인간은 기울어 있거든요 가슴은 앞으로 내밀
고 있고 엉덩이는 뒤로 빠져 있죠? 그리고 중심선을 기준
으로 종아리는 뒤쪽에 위치해요 그래서 다 그리고 나면

내가 그린 인간이 앞으로 넘어질 것 같아 걱정이 됩니다

스키장 리프트를 타던 도중 기계가 작동을 멈추었다
천사는 날개 쓰지 않고 기다렸다
날개 쓰지 않음이
그를 천사로 만들었다

전혀 똑바로 서 있지 않다니까요? 처음부터 쏟아질 것
처럼 생겨먹었어요

천사가 그린 사람   신이 그린 사람

어둠 속에서 뭔가를 발견하고는 흠칫 놀라 뒤로 물러
나는 모습

천사는 소량으로 존재한다

다시 그려보세요

천사는 한 인간을 안다
그는 어떤 일이 일이든 신의 뜻이라 여기고
받아들인다 그저 신에게 맡기면 된다고
그런데 다른 인간보다 더 괴롭고 분주하다
왜일까 삶이 우리의 아가라면 그는
베이비시터라는 이름의 신을 고용한 건데 아기를
열 명 낳아서 시터 하나로는 커버가 안 되는 거다

천사는 자신이 쏟아지지 않는 게 의아하다

정글과 함정

간다

네가 나를 이곳으로 이끌었다

나는 평지 특화형 동물로

지형지물에 약하다 너로 인해

방향감각을 상실한다

태양이 곧바로 비추므로

쪄 죽는 수가 있다

그러나 큰 나무와 풀 그리고 너로 인해

햇빛이 차단되어

내가 있는 곳은 서늘하다

그 서늘함으로 나는 살아갈 수 있다

살아간다는 말은 민망하다

살아 있다는 말은 과장이다

정글에서 나는 이동의 어려움을 겪고 있다

거기가 거기 같다는 게 정글의 이로움이다

"지금쯤이면 도착할 때가 되었다"

문보영

"도착할 때가 되었다"

나는 네가 하는 말의 끝부분을 반복한다

그것은 일종의 지형지물에 가깝지만

나는 해낸다

살아간다는 말보다

서늘하다는 말이 더 적절하다

나는 네가 하는 말을 '다' 받아 적는다

여기에서 '다'는 사랑의 노동적 측면이다

너는 보존 식량을 조금 꺼내 핥았고

정글의 물은 미지근하다

나는 막 눈을 뜬 참이었다

지나가기

부족하다

길 한가운데 뭐가 있는데
어떻게든 피하고 싶었다
게오르크가 생각해낸 방법은
여기까지만 쓰는 거였다
벚나무는 묘하게 멀리 있다

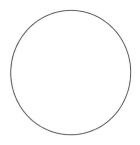

문보영

어제보다 좀더 갔다

다시 찾아가고픈 것이다
표범의 얼굴에 난 두 개의 검은 줄
빛을 흡수해
내리쬐는 날을 견딜 수 있다
눈을 감으면 사방이 깜깜하다
아무것도 보고 싶지 않아서 눈을 감지만
너는 눈꺼풀 뒤를 보고 있다
게오르크
어제보다 더 갔다
미래가 두려워서 오늘은 여기까지만 와본다

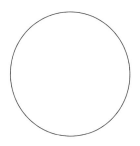

수염

지나가기를 소망했다

아이들이 옷장으로 들어가거나

이불 속으로 숨는 이유는

자신이 더 이상 보이지 않는다는 사실에 희열을 느끼기 때문이야

몸을 동그랗게 말고서

지나가는 나에 관한 지나가는 모든 말을

흘려듣는다

벚나무에게는 콧수염이 있다

벚나무는 그것을 게오르크에게만 보여주었다

콧수염 덕분에 벚나무는 어두운 곳을 더듬어 길을 찾아갈 수 있다

벚나무가 미묘하게 살아 있다

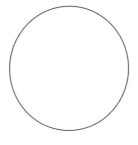

　　　　　　문보영

두려운 상황에 대한 탈감각적 반응

저기 공이 있는데
닿으면 죽어
저기까지 안 가는
시 쓰기 훈련 중인
나

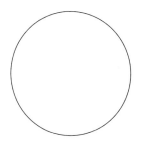

걔도 마음이 있을 텐데

아직도 거기 있는 거야

게오르크는 어제보다 멀리 가볼 요량으로 나뭇잎으로
감싼 찰밥과 물통을 챙겨 길 위에 선다

벗나무가 쓴 책을 읽는다

한 문장에서 오타를 발견했는데 다음 문장에서 또 틀
린 걸 보고 실수가 아니라는 걸 알아챘다 한 번 실수하면
실수인데 두 번 실수하면 멋이니까 마음을 보여줄 때는
연달아 실수하라

길 위에서

벗나무를

한 번

만나는 건 실수이고

두 번 만나는 건 반복이고

세 번 만나면

벗나무가

밉다

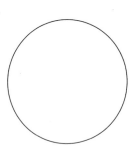

문보영

찾아가는 데 어려움을 겪다

게오르크의 낙타가
사막을
걷는다
해가
너무
세
차라리
해를
정면으로
본다
등에
자신의
그림자가
생겨서
햇빛에
노출되는
피부의
표면적이
줄어든다

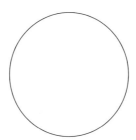

내가
나에게
어둠을
주어
타 죽을
확률을
낮추었다
동그라미
너는
가슴이
깊어서
폐활량이
좋다
사막
한가운데
벚나무를
심는 건
너무했어

문보영

어딘가 맛이 간 이곳

안 가면 지나간 게 돼

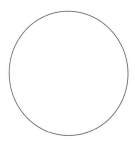

상처 극복 욕망

  게오르크는 벚나무에게로 가고 싶다 무대 위로 오른다
낙타는 북아메리카에서 살다가 제 발로 사막으로 걸어
들어갔다 사막에는 아무도 없기 때문에 그런데 그게 또
슬프다 낙타는 혼자 있기의 도사가 된 것처럼 보인다 친
구들이 동그란 테이블에 둘러앉아 혼자가 된 낙타에 관
해 얘기하고 있다 한 시간쯤 지났을까 말이 없던 한 친구
가 바닥에 지갑을 내던졌다 바닥에 내쳐진 지갑으로 관
심이 쏠렸고 친구는 바닥에 떨어진 지갑을 주워 그대로
식당을 나갔다 쟤 왜 저래? 그게 저 아이만의 가는 방법
이야 안녕이라고 말하는 건 가슴이 아파서 그러는 거야
아니야 아무도 모르게 가고 싶어서 그러는 거야 바닥에
뭐가 떨어져 있으니까 그걸 이용해서 자연스럽게 사라진
거야 낙타가 떠나는 걸 우리가 어떻게 모를 수 있지?

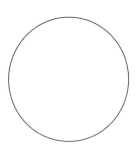

문보영

부족하기 지나가기

 왼쪽으로 가도 오른쪽으로 가도 뒤로 가도 앞으로 가도 만나게 되어 있다 언젠가 만나게 되어 있으므로 미래가 이불 속으로 숨어 들어가는 건 자신이 더 이상 보이지 않는다는 사실에 희열을 느끼기 때문이다 이곳이 아닌 곳에서 나는 덜 비겁해질 것만 같다 게오르크는 음산한 중절모를 쓴 벚나무와 헛것 들에 의해 포근히 싸여 있어야 친구 생각을 덜 할 것이다

 어떻게든 피하고 싶었다 나는 멀어진 친구를 다시 만나게 되나요 미래가 모든 질문에 대충 대답한다 대충⋯⋯ 그건 좋은 일이다

 이 지우개는 주황색인데 연필 끝에 달려 있고 문지르면 종이에 주황색 얼룩이 남는다 흑심과 가루가 섞여 번진다 이런 걸 지운다고 말하고 정말 제대로 지우고 있다고 믿어보며 지워야 할 문장들을 주황색 지우개로 문질러 더 망치고 얼룩을 남긴다 지우개의 입장에서는 이런 게 지우는 것인지도 모르므로 가령 친구가 쓴 시집의 목차를 달달 외우고 나서 친구의 시집을 펼쳤는데 읽는

동안 모두 잊는다 그런 것도 일종의 지우개가 하는 일이라고 생각한다면 나는 주황 지우개가 좋아지려 한다 벚나무를 마주칠까 두려워하는 동안 벚나무 또한 나를 만날까 구석에서 벌벌 떨고 있다는 사실을 전해 듣는 꿈을 꾸었지만 그건 나의 소망일 뿐이기에 미래가 목초지처럼 넓게 펼쳐지고 내 눈에만 보이는 소들이 풀을 뜯어 먹는다 그런 일은 벌어지지 않는다 어쩌면 죽을 때까지 멀어진 친구를 만날 수 없을 것이다 벚나무에게는 또 다른 벚나무가 서 있고 그 옆에는 더 많은 벚나무가 서 있기에 그런데 나는 벚나무가 아니잖아라는 말은 비겁하고 소중하다 그 생각은 그만할 때도 되었다고 벚나무는 벚나무가 되어지질 않는 나에게 말하며 골목을 성큼성큼 걸어간다면 그것이 친구를 향한 나의 여정이라면 나는 골목으로 들어가 모든 걸 잊으려 한다 골목에는 하얀 꽃이 몇 송이밖에 달려 있지 않은 야윈 나무가 하나 있는데 꽃이 간당간당 매달려 있어 피려는 건지 떨어지려는 건지 좀체 의도를 알 수 없고 떨어지려는 마음과 피려는 마음이 다르지 않기에 그러는 것인지도 그게 벚나무인지 아닌지 벚나무를 보고도 벚나무인지 알지 못할 거면서 벚나무 타령을 하는데 누가 나무를 희한하게 꾸며놨다 나팔을 불며 날아가는 흰 점토로 만든 하얀 천사 모형이 나무에 붙어 있고 붙어 있는 건지 날아가는 건지 빛이 정면으로 아기 천사를 비춘다 천사의 피부 매끈하지 않고 울퉁불퉁한 까닭에 어둡고 밝은 부분이 선명하다 햇볕의 고질적인 친절이 나타나는 방식 누군가 숨어서 묵은 피로를 풀고 있다 허공에 떠 있는 천사는 발끝으로 서 있는 건 아니나 발끝에 힘이 안 들어가는 것도 아니다 그도 나름의 방식으로 피로를 풀고 있는 것일 텐데 어떻게 나무에 붙어 있나 하는 생각이 천사의 뒤를 보게 한다 얇은 철사가 천사의 목을 한 번 두르고서 나뭇가지에 감겨 있다 나팔을 불며 날아가는 천사는 목을 매달고 있던 것인데 날아가는 것이나 목을 매다는 것이나 붙어 있는 것이나 그리워하는 것이나 다르지 않거나 달라도 다를 게 없다는 게 친절함이다

  얇은 나뭇가지에는 파란색 비닐로 된 줄이 달려 있다
  그게 왜 거기 있는지 몰라도 되는 그 이유로 나를 몰라도 된다
  어쩌면 다들 시간이 없어서 그러는지도 몰라

세탁기에서 바지 꺼내기

가령, 아끼던 흰 바지에 얼룩이 져서 세탁기에 돌렸는데 꺼내기가 두렵다. 얼룩이 지워지지 않았으면 어떡하지? 두렵기 때문에 미루고, 겁이 나서 외면한다. 바지를 세탁기에서 꺼내지 않기 위해 나는 할 일이 있는 척한다. 가령, 시 쓰기, 돈 벌기, 달리기, 인형 가게 방문하기, 빗길에 운전하기, 화분에 물 주기 등.

중요한 일을 외면함으로써 중요하지 않은 일을 하게 된 건지, 중요하지 않은 일을 외면함으로써 중요한 일을 하게 된 건지 모르겠지만 흰 바지는 여전히 세탁기에 있다. 어쩌면 나는 무언가를 외면하기 위해 삶이라는 딴짓을 하고 있는지도.

그러니 외면은 좋은 것 같다. 외면이 없다면 난 오늘 화분에 물을 주지 않았을 것이다.

소파에 누워, 바지에 얼룩이 지지 않았으면 하고 소망한다.

누워서 이야기를 짓는다. 그러다가 잠이 들고, 꿈을 꾸고, 이

문보영

야기가 바닥나면 잠에서 깬다. 혹은 꿈 스스로도 대책이 없을 때 나는 잠에서 깬다. 도끼를 든 인간이 나를 쫓아오는데 막다른 길에 다다랐다. 꿈에서 깬다. 답이 없으니까. 뒷이야기를 준비하지 못해서 꿈이 나를 바깥으로 내쫓는 거다. *결말은 아직 못 썼어……* 이야기가 다 떨어지면 잠에서 깨는 게 아닐까.

그럼 현실에서 이야기가 떨어지면 어떻게 될까. 죽겠구나. 사람은 노화해서 죽는 게 아니라 이야기가 떨어지면 죽는 거구나.

이런 생각을 하며 기다리고, 외면한다. 내가 아끼는(어쩌다 아끼게 되었지?) 흰 바지의 얼룩은 깔끔히 지워졌을까(이 문장은 모호하다. 내가 아끼는 건 흰 바지일까, 흰 바지의 얼룩일까)?

충분히 외면했으니 세탁기에서 바지를 꺼낸다.

추천의 말

강동호

문보영이 처음 등장했을 때 우리는 그의 산뜻하고 발랄한 시들이 보여주는 경쾌한 자기애와 그로부터 확장되어나가는 무한한 상상의 세계에 놀라지 않을 수 없었다. 엉뚱하면서도 기발하게 변신을 거듭해나가는 문보영의 자유로운 시적 행보는 과연 어디까지 도달하게 될까. 분명한 것은, 자신을 향한 긍정적 에너지 속에서 다채롭게 변주되어가는 문보영식 유니버스가 동시대 한국 시의 가장 첨예한 현재라는 사실이다.

김언

편편의 시에서 이렇게 열심히 딴생각을 하는 시인이 또 있을까 싶다. 도무지 집중을 모르는 방식으로 써나가는 것 같지만, 한편으로 딴생각에 집중하는 방식으로 시를 몰아가는 것 같기도 하다. 집요하게 딴생각에 딴생각을 어어가는 와중에 발생하는 딴생각의 세상이 어쩌면 문보영 시의 월드가 아닐까. 어떨 때는 시 같고 어떨 때는 소설 같고 또 어떨 때는 잡담 같은 이 이상한 만담의 세계는 앞으로도 한동안 딴생각을 놓지 않을 것 같다. 딴생각을 놓는 순간에도 또 다른 딴생각의 세계가 열릴 것 같다.

김행숙

문보영은 시–언어로 설치 작품을 전시하고 퍼포먼스를 펼치며 무용한 발명품을 구상하고 사용 설명서를 쓴다. 그는 제 아이디어에 호응하는 형식을 찾고, 나아가 아이디어와 형식에 부응하는 자신의 언어를 고르는 일에 더욱 골똘해졌다. 우리는 이제 그의 시를 '읽기'보다는 시에 '참여'하기로 하자. 이상의 '거울' '골목' '꽃나무'로부터 예상치 못한 루트로 출현한 새로운 수수께끼를 갖게될 것이다.

이광호

문보영의 세계는 지식과 언어의 세계를 비틀고 그 비틀림 사이에서 예기치 않은 시적 공간이 만들어지는 곳이다. 「정글과 함정」에서 정글의 공간은 살아가는 길에 대한 익숙한 은유처럼 등장하지만, 가령 "살아 있다는 말은 과장이다"와 같은 문장이 그 은유를 비튼다. 언어는 일종의 '지형지물'에 가까운 것이 된다. 삶의 정글에서 살아 있다는 것은 '언어'의 문제이고, 언어에 대한 자의식의 문제이다.

이원

문보영 특유의 알레고리가 삶을 만났다. 더 치밀하고 더 유쾌한

복서의 언어를 만들었다. 미끄러지며 미끄러뜨리는 서사가 흥미진진한데, 더욱 눈길이 가는 부분은 이 재미있는 서사가 계속될 것 같은 지점에서 시가 끝난다는 것이다. 그는 "사랑의 노동적 측면"(「정글과 함정」)은 서사가 끝난 뒤에도 남아 있는 힘이 있음을 알고 있다.

홍성희

다른 곳에 놓으면 다른 것이 된다 여겨지는 때가 있다. 공간에 대한 열망과 두려움이 동시에 부풀어 오르는 때가. 어쩌면 생의 매 순간이 그런 와중이다. 문보영의 시는 스스로를 옮겨놓은 공간과 옮겨지나온 공간, 옮겨 갈 공간을 무수히 만들고 그 사이 길목들을 부단히 오간다. 다름과 다르지 않음을 동시에 움켜쥔 그의 걸음들은, 어디에 닿았는가보다 어떻게 걷는가, 그 근육과 뼈의 움직임에 귀 기울이게 한다. 그 움직임으로 문보영의 공간들은 내내, 숨을 쉰다.

백가경

2022년『경향신문』신춘문예를 통해 작품 활동을 시작했다.

사이파이 비문을 위한 간단한 메모

철학자 사이파이 사일런스는 『관내 여행자』라는 책을 통해 관 사용법을 두 가지로 안내합니다. 관을 사용하기 그리고 관을 낭비하기 두 가지 방법 중 첫번째는 익히 아시다시피 시체를 돌려보내는 용도입니다. 대체로 직사각형 형태의 나무 궤짝은 땅속으로 들어가 다시 땅의 일부가 된다고 알려졌지요. 그것은 적절한 용도입니다. 그러나 한 목수가 직사각형이 아닌 정사각형으로 된 궤를 만들기 시작하면서 관의 낭비가 시작됐습니다. 목수는 일이 아니라 재미를 보려는 마음이었겠지요. 어쩌면 좀더 다양한 사람들의 다양한 몸을 안치시키고 싶다는 누군가의 요구가 있었는지도 모릅니다. 과로사를 당한 후 그대로 몸이 굳은 사람도 남들보다 반절의 몸으로 평생을 산 사람도 목수가 변주한 관을 통해 딱히 좁지 않고 너무 넓지 않은 딱 맞음 상태로 돌아갈 수 있었겠지요. 일종의 좌대가 떠오르는군요. 좌대가 없어도 작품은 문제없이 관람되듯이 인간은 관이 없어도 자연으로 돌아갑니다. 목수는 아주 쉽게 상상할 수 있었겠지요. 좌대는 작품을 돋보이게 만들 수도 작품의 일부가 될 수도 오히려 더 도드라지는 작품이 될 수도 있다는 것을요. 어느 순간 목수는 촉촉이 젖은 카펫을 보고도 잘 구운 토기, 투명한 물방울, 모닥불, 반지 상자, 도서 반납기를 보고도 괜찮은 관을 떠올리는 경지에 다다랐을 겁니다. 목수가 마지막으로 제작한 관은 편백에 유리를 곁들인 궤로 아담한 사다리와 네 개의 다리를 부착한 지상용 관입니다. 시체가 경직되고 그 관에 안치하면 얼마간 쥐와 까마귀와 바람이 드나들 것이고 송장벌레들이 네 개의 다리를 갉아 먹어 관의 위상이 위태로워지면 관은 풍자적인 소리를 내면서 지상으로 풀썩 주저앉게 되는, 그런 순서를 계산한 결과물이지요. 금이 간 유리창으로 얼마간 햇빛과 시선이 자유롭게 드나들 것입니다. 그곳을 드물게 지나다니는 사람들은 더 이상 사람의 형태를 인식하지 못하겠지만 송장벌레와 쥐의 발자국은 편백을 고아하게 더럽혔을 것입니다. 그 무늬가 무엇을 상기하는지 이곳에 묘사하지 못해 아쉬운 마음입니다만 지상용 관을 완성한 후 안타깝게도 목수는 이제 관을 만들지 않겠다는 소식을 전해왔습니다. 철학자 사이파이가 누워 있고 목수는 세 단계 풍화가 시작된 철학자를 들여다보며 이런 말을 비문에 남기길 바랐습니다. 언제부터인가 사람들은 그들이 살면서 풀지 못한 문제를 관이 해결해주리라 생각하며 자신을 찾아오기 시작했다고 말이지요. 죽은 후에도 증손자들과 마음껏 뛰어놀 수 있도록 빳빳하고 부드러운 잔디가 사시사철 푸르른 마당이 있는 관을 만들어주세요. 내 시체가 문드러지고도 지구의 종말까지 목격할 수 있는 번듯하게 생존할 수 있는 플라스틱 성전을 만들어주세요. 나의 관이 나를 좀더 좋은 곳으로 보내줄 수 있도록 우주선에 범접한 광속 발전체를 달아주세요. 내세가 있는지는 모르겠지만 나의 번영할 내세를 위해 오랫동안 신께 기도했던 나의 목소리, 기도의 성실함, 기도의 밀도를 여러 데이터로 저장할 수 있는 1테라짜리 기록용 관을 만들어주세요 등등. 셀 수도 없는 창의적 주문서들은 『관내 여행자』 내 별첨 도서로 만들었으니 목수가 당부한 문장으로 이 비문을 서둘러 끝내야겠군요. "이보쇼. 정말 모르는 거요? 알면서도 모르는 척하는 거요? 설마 관이 달걀

메모) 장묘 문화와 비석에 새로운 패러다임을 연출하는 스톤매직입니다. 저희 스톤매직 일반 비석에 귀하의 텍스트가 전부 들어가지 않더군요. 납품 마감 날에도 귀하께 연락이 닿지 않아 비석에 넣을 수 있는 글자만 제작해 보냅니다. 귀하의 회신이 늦은 관계로 스톤매직 일반 비석의 교환 환불은 불가합니다.

Cul-De-Sac
——늘 그렇듯 당신이 할 수 있는 가능한 한 최고의 속도로 읽을 것

쿨데삭으로 읽었는가 퀴드삭으로 읽었는가 그도 아니
면 컬드색? 이는 굉장히 중요한 의제이자 기준이자 이 시
를 읽을 자격 요건이다

우리 모두 퀴드삭으로 올바르게 읽었을 것을 상정한다
우리는 미국에 한동안 살았거나 휴가 때마다 유럽을 방
문하여 이 표지판을 자주 목격했고 표지판이 보이면 고
급 전원주택이 나타날 것이며 먼저 들어온 차가 우선으
로 진입하는 로터리가 진행됨을 예측할 수 있다 우리는
이 단어에서 매력을 느끼고 이 단어로 뭐든 써보고 싶은
작가라는 직업을 가졌다고 치자 작가는 한 사람의 배경
을 만화경 보듯 선연히 알려주는 이 단어가 매력적이고
자신의 시를 읽는 사람이라면 이 정도 단어를 알고 있기
를 자연스럽게 원한다

퀴드삭 막다른 길 이제부터 길 없음 백 야드가 일반 주

백가경

택보다 많이 확보되어 일대의 집값이 평균 이상을 훌쩍 넘는 동네

　작가는 이 모든 이미지가 마음에 들 것이다 인생을 막다른 길에 비유해보거나 한 길로만 통하는 로터리로 대유해보기도 할 것이다 작가는 일주일 내내 브런치를 곁들인 퀴드삭을 마주할 것이고

　막다른 길 없는 길 진행할 수 없는 길 수려한 건축 공법으로 지은 전원주택보다 막다른 길이 머릿속을 황홀하게 지배하는 것을 느낄 것이다 작가는 꿈에서도 퀴드삭을 볼 것이다 *어머니가 있었죠 어머니는 제 앞에서 길을 안내하셨습니다 대로를 건너서 작은 오솔길로 저를 이끌었어요 조금 걷다 보니 길이 끊겼고 어머니는 밤의 바다로 황금 로봇이 되어 날아가셨죠 바다와 하늘의 경계에서 저만 남았어요*

　작가의 팬들은 황금 로봇 어머니가 날아가고 나만 혼자 된 부분을 특히 좋아할 것이다 강원도 양양 바다에는 "……저만 남았어요"라는 문장을 박은 포토 존이 설치될 것이다 유럽이나 미국에는 한 번도 가본 적 없지만 휴가

마다 강원도를 찾는 사람들의 얼굴 사진과 작가의 문장이 적어도 3년 이상 여름의 피드를 장식할 것이다 예상했겠지만 그의 시집은 광화문 교보문고 베스트셀러 가판대에 오를 것이고 이로써 또 한 명의 스타 작가가 탄생할 것이다

유타나시아코스터
── 현재 어트랙션 대기 시간 여기서부터 125분

캐스트들 124분을 기다린 24명의 승객을 맞는다

그들이 자신들 뒤로 끝없이 이어진 대기 인원을 잘 볼 수 있도록 어트랙션의 대기 공간은 계단 형태로 한 층씩 높여 설계한다

멀리서 유타나시아코스터가 미끄러지듯 들어올 때 차량의 소음을 최대한 줄이고 친숙한 안내 방송 A-1을 세 차례 반복 재생한다

이것은 놀이가 아닙니다 여기서는 이미 일어났던 놀이가 반복되지 않습니다 여기서는 지금이 있을 뿐입니다 현재가 있을 뿐입니다 오직 한 번이 있을 뿐입니다 행복의 절정 유타나시아월드*

바로 이어지는 안내 방송 A-2 녹음 시

승객에게 젖는다 접는다 죽는다 세 가지 의미를 골고루 전달할 수 있도록 *를 신경 써서 발음한다

모두 *습니다 다리 *습니다 발 다리 모두 *습니다 다
리 다리 특히 다리 다리까지 모두 챙깁니다 여기는 유타
나시아 한 자리에 두 분 한 열차에 스물네 분 머리 머리
머리 옷 옷 옷 신발이 다 *습니다 신발이 양말이 다 다 다
다 *습니다 머리부터 신발 머리부터 옷 머리부터 양말 옷
머리 신발 양말 *습니다 *는 겁니다 *습니다 *는 겁니다
몸통 *는 겁니다 반으로 꺾이는 겁니다 안 *을 수 없는
여기는 유타 유타 유타나시아 친구라면 연인이라면 가족
이라면 사랑한다면 아낀다면 한 자리 두 분 두 분까지 탑
승하면 *는 여기는 유타나시아 유타나시아월드 엄마 아
빠 아들 따님 다 다 *습니다**

캐스트는 첫번째 대기 승객 두 명의 표정을 예의 주시
한다

안내 방송 A-2를 들은 승객이 대기 표시 줄을 움켜쥐
거나 손톱을 물어뜯는 등의 행위를 감지하면 테이프 A-3
을 신속히 재생한다 마지막으로 타는 **어트랙션 기대돼
드디어 타는구나 기대돼 대체 줄은 언제 줄어드는 거야
하나도 안 무섭대 무섭다는 걸 느끼기 전에 행복해진대
기대돼**

소리 파동이 열번째 줄 승객까지 골고루 울릴 수 있도록 스피커를 계단 아래로 기울여놓는 걸 잊지 않는다

어트랙션이 2분 동안 510미터의 높이로 고각 상승하며 최고 높이에서 마지막 안내 방송 A-4를 각 칸의 골전도 스피커를 통해 반드시 잊지 않고 재생한다

지금 여기서 내리고 싶다면 빨간 버튼을 눌러주세요 캐스트가 15분 후 빨간 버튼을 누른 승객을 업고 사다리를 타고 아래로 내려갈 예정입니다 하지만 충만한 행복을 계속 이어가고 싶다면 저 멀리 송아지 모양의 구름을 긴장을 풀고 바라보세요 자 하나 둘

어트랙션이 우측으로 급커브를 돌아 직선 구간에 돌입하면

*은 승객이 빠르게 하차하도록 캐스트는 가장 효율적으로 움직인다

* 페터 한트케, 『관객모독』의 일부 변용.
** 에버랜드 아마존익스프레스에서 일하며 '소울리스좌'로 유명했던 김한
    나의 안내 멘트 변용.

파멸학 달력[*]

—10월 삽화 제작 참고용 메모

　고글 쓴 시야를 가로막는/뒤덮는/장악하는/압도하는 거대한 화면 조정. 정수리를 때리는 폭포 소리/노이즈. 우리는 그것을 우주배경복사 레이브 파티라 부르기로 했습니다. 우주배경복사 레이브 파티는 138억 년 동안 현존한 빛의 자리에서 동시다발적으로 시작합니다. 허블 망원경으로 우주배경복사를 더 이상 관측할 수 없는 시점. 그러니까 우주의 사이즈를 가늠하게 되는 시점. 그 기쁨과 진화를 동시에 나누는 자리가 될 거라 예상했습니다. 우리는 파트너를 선정할 때 한 가지를 가장 중요하게 생각했습니다. 레이브가 열리는 장소의 건물주여서는 안 된다는 것. 이를테면 바틀비의 안 하는 편을 택하겠습니다/발화 혹은 쇠렌 키르케고르의 신앙심/개념이 레이브가 추구하는 바이기 때문입니다. 이러한 개념은 모두 악의 뿌리이기는커녕 진정한 선의 극치이니까요. 집 없는 사람들이 열광했습니다. 노는 날보다 일하는 날이 많은 사람이 해방 가능을 부르짖었습니다. 우리는 오로지 그들만을 위하여 마음 챙김 프로그램과 어드벤처 프로그램을 적절한 비율로 조합한 가상현실 팩을 제공했습니다. 사람들은 고글을 쓰고 고생대 석탄기부터 강인한 생존력을 증명한 생물이 될 수 있었습니다. 기어다니고/날아다니고/벽을 타며 지구 생존을 위한 전설적 무기를 경험할 수 있었습니다. 우주배경복사 레이브를 목격한 사람들은 환희로 흐느끼며 함께 노래 불렀습니다. *병정들이 전진한다. 이 마을 저 마을 지나. 소꿉놀이 어린이들 뛰어와서 쳐다보며. 싱글벙글 웃는 얼굴. 병정들도 싱글벙글. 라 쿠카라차 라 쿠카라차 아름다운 그 얼굴. 라 쿠카라차 라 쿠카라차 희한하다 그 모습.* 우리는 최선을 다했습니다. 하지만 이례적인 일은 언제나/느닷없이 일어납니다. 고글에 달린 수십 가닥의 전선이 수백 개의 매듭을 지었습니다. 당시 가상현실 팩이 절정을 향한 시점이었기에 우리는 3분 안에/골든 타임을 놓치기 전에 흥분한 사람들을 멈추고 목을 칭칭 감은 전선을 풀기에 역부족이었습니다. 현재 고글 렌트를 맡았던 외주사에 진상 규명을 요청한 상태이며 이른 시일 내에 전하도록 하겠습니다. 이번 사고 희생자의 명복을 빌며 여러분의 희생이 헛되지 않도록 현장 녹화된 리뷰를 바탕으로 더욱 업그레이드된 가상현실 팩 버전을 무료로/기간 한정 선사하도록 하겠습니다. 감사합니다.

* 제가 일했던 달력 회사에서 저는 최악의 재앙을 그려 넣은 파멸학 달력
을 상사에게 제안했지만 그는 강아지, 꽃, 누드 사진을 넣은 멀쩡한 달력
을 만들어 오라며 팔짱을 끼고/조롱하듯 달력을 짓뭉갰습니다. 파쇄기
에 넣기 아까워 남겨놓습니다.

에델바이스 작은 뜰 펜션

우리는 언제나 잊고 있었지 하지만 여긴 정말 좋아 이렇게 좋을 수 있을까 고기를 한 점 더 먹어봐 자연에서 먹어서 더 자연스럽고 맛있지 부드럽고 더 감칠맛이 있지 자 술잔을 들어 건배 우리의 좋은 날을 위하여 앞으로의 꽃길을 위하여 그런데 그 꽃길 가본 적 있니 베르길리우스 스트리트에 있는 그 꽃길 엄청 유명해 굉장히 잘 알려졌지 전 세계 사람들이 모두가 그 길에서 사진 찍기를 원해 꽃길 한가운데 서서 얼굴에 턱받침을 하고 찍어야 한대 시그니처 포즈래 그게 그러면 꽃 아니 꼭 거기에 핀 꼭 아니 꽃 같아 보인다더라 아무튼 여기 진짜 좋지 정말 좋아 인생 명소야 인생이 죽기 전에 꼭 한번 와봐야 할 명소지 인생 찰칵 찰칵찰칵찰칵

덜컹

남양주시 가평군 두메촌 38-1 에델바이스 작은 뜰 펜션

1일 금요일 단체 5명 가족 추정 1박 2일 하늘방

2일 토요일 남자 2명 여자 2명 50대 동호회 추정 1박 2일 청춘방

3일 일요일 여자 1명 남자 1명 커플 2박 3일 (일회용품 추가 금액 후불) 하늘방

4일 월요일 하늘방 남자 먼저 체크아웃 새벽 4시경

5일 화요일 하늘방 청소 용역 방문, 혈흔 제거에 세제 금액 추가 입금해야 함 45만 원 우리은행

공지

성수기 예약 손님 급증으로 올해 12월까지 에델바이스 작은 뜰 펜션의 모든 방을 예약하실 수 없습니다. 추후 예약 취소 시 스위트룸(하늘방)부터 새 공지를 띄울 예정입니다. 저희는 단 하루의 쉼이라도 여러분께 인생 사진을 남기고 인생 여행을 선사하기 위해 노력합니다.

좋아요 1,392

철컹

울음을 그칠 수 없는 자 들어올 수 없습니다

혁명을 원하는 자 들어올 수 없습니다

잡음을 생성하거나 에너지를 빼돌리는 자
몸집이 작고 짖는 자
공부하는 데 인생을 바치는 자 들어오지 마세요
양해 부탁드립니다

다음 날
오후 3시

체크인

진짜 좋다 좋다 이렇게 좋을 수 없을 거야 투명하고 커
다란 창문을 통해 봐봐 정말 좋지 아름다워 자연은 언제
나 이렇게 영롱하지

시 찾기 노트

시는 매일 나를 버리고 나로부터 뛰쳐나가 돌아오지 않는다. 나는 복도에서 서성이면서 시를 기다리지만 시는 늦은 시간에도 이른 아침에도 돌아오지 않는다. 쪽잠을 자던 내 등만 보고 다시 집을 나갔을까. 시가 들어와 남겨놓은 흔적이라고는 단 하나도 없다. 양말 한 짝도 세면대에 물 자국도 없다. 어쩌면 난 시를 만난 적이 없던 걸까. 온다던 약속도 없었으니 간다는 예고도 필요 없던 걸까. 어떤 날은 따뜻한 차를 우려 그 앞에서 몇 시간씩 얘기를 나눴던 것도 같은데. 혹은 뜨거운 전화기를 쥐고 새벽까지 서로의 울음을 들었던 것도 같은데. 시가 없던 날들이 많았기에 몇 가지 추억은 오해나 망상이 돼가고 있다. 그러니 이 다섯 편의 '시'를 여기에 전시하면서 어떤 생각으로 어떻게 썼는지 '시작 노트'로 옮겨놓기에 모든 게 불분명하다. 지금도 여전히 시는 돌아오지 않았기에 확신 있게 할 수 있는 말이 내게 없다. 나의 모호한 '시 찾기' 과정에서 단 한 가지 분명하게 말할 수 있는 것은 미스터리함, 기이하고 으스스함 그 자체다. 그 감각만큼은 분명하게 내 것이다. 나는 이 힌트를 쥐고서 시를 찾기 위해 프릭 쇼를 열었던 오래된 서커스 천막, 이름 모를 건축가가 설계한 사형 집행소, 바퀴

벌레들이 춤추는 지하의 클럽, 인간의 멸망을 기억하는 바이러스
의 숙주, 아이도 노인도 거부하여 언젠간 모두의 입장을 금할 것
같은 으리으리한 펜션 등을 머릿속에서 짓고 부수고 다시 건축하
여 그 안에 들어가본다. 기웃댄다. 혹시 여기에 시가 있었을까, 시
가 올까 구석구석 뒤지고, 매복한다. 한참 기다리다가 시의 흔적
이 안 보이면, 한 번 왔던 곳에 다시 오지 않기 위해 간단한 메모
를 남긴다. 내가 생각하기에 이 다섯 편 역시 메모의 일부이다. 내
가 찾지 못했던 시를 혹시라도 당신이 발견한다면 천천히 살펴봐
주기를 부탁한다. 어딘가로 도망치지 않게 바나나킥 한 봉지 쥐여
주고 조금만 시간을 끌며 내게 연락해주길 부탁한다. 하지만 시를
찾지 못하더라도 상관없다. 내가 초대한 기이하고 으스스한 이곳
이 당신들에게 조금 재미있기를 혹은 조금 웃기기를 그것도 아니
면 조금 막막하기를, 아주 잠깐이라도 좋으니 조금 살 만해지기를
(가장) 바란다.

강동호

세계가 파멸하고, 인간이 종말을 맞이한 세계에서도 시는 가능할까. 백가경의 포스트휴머니즘적 상상력은 인간의 죽음 이후의 시, 미래의 시적 언어를 예감케 하는 새로운 징후들을 폭발적으로 보여준다. 비인간의 노래라고도 일컬어질 수 있는 그의 도발적이고 낯선 실험이 어디까지 확장될 수 있을까. 백가경이 구사하게 될 미지의 언어가 어떤 미래의 풍경을 보여줄지 벌써 궁금해진다.

김언

백가경의 시는 정교하게 조직되고 직조되는 시다. 마치 조직력이 뛰어난 팀을 지휘하는 감독처럼 편편의 시를 구석구석 장악하고서 최선의 시적 효과를 창출해낸다. 시가 전개되는 과정에서 발생할 수도 있는 돌발 상황까지 미리 계산한 듯이 시적 반전을 꾀하는 장치로 활용하는 재치가 돋보인다. 뛰어난 구성력의 시가 지닌 미덕을 두루 갖추면서 진지한 주제 의식까지 담보한 언어가 예리하면서도 묵직하게 읽힌다.

김행숙

서정시가 유구하게 휴머니즘의 좋은 집이 되어주었다면, 백가경은 고향 집을 박차고 나와 SF 생태주의적인 검은 숲속으로 모험을 떠난다. 그는 미학적인 혁신과 윤리적인 혁명을 동시에 발생시키고자 한다. 시적 리얼real 속으로 SF적인 미래가 이렇듯 당도해 있으니, 우리는 이제 SF적인 현재에 전율하며 이 시들을 읽지 않을 수 없다.

이광호

때때로 시는 특정한 용도로 사용되는 실용적 언어의 형식을 빌린다. 「사이파이 비문을 위한 간단한 메모」에서 시는 관의 용도와 종류에 대한 일종의 안내서가 된다. 인용을 동반하는 시의 형식은, 써먹을 수 있는 사실적인 산문의 세계를 비틀고 그곳에 대화체의 언어를 채워 넣는다. 시적인 것은 "설마 관이 달걀"과 같은 이미지의 유니크한 상상력뿐만 아니라, 픽션의 언어들을 전유하는 발화 장치 자체이다.

이원

야심 찬 사이파이 세계관이 등장했다. 익숙한 풍경을 지적인 사유와 미래적 방향성으로 상징·조작한다. 새롭게 구축한 시공간의 디테일을 래퍼의 속도로 속속들이 개방한다. 놓치지 않고 바라보되 이곳의 '일원'은 되지 않기, 관성이 생기려고 하면 구축한 규칙을 즉시 깨기, 이게 다 '놀이'니까, 여기까지 밀고 나가는 힘이 있다.

홍성희

백가경의 시에는 모든 것에 앞세워 규칙을 수행하는 이의 사무적인 목소리가 있다. 그 목소리의 공간에는 세심하게 고안된 체계가 있고 거기에선 놀이도, 사랑도, 죽음도, 기억도 깔끔하게 관리된다. 그 충실한 시공간을 건조한 활자로 만날 때 우리는 놀이터에서 노는 우리 자신을 놀이터의 테두리 밖에서 지켜보는 목격자가 된다. 무한정 뻗어 나가는 선을 상상하는 일조차 기하학의 논리 안쪽에 머물러 있음을 아는 것, 거기서 백가경의 시는 재차 시작한다.

안태운

2014년 문예중앙 신인문학상을 통해 작품 활동을 시작했다.
시집 『감은 눈이 내 얼굴을』 『산책하는 사람에게』가 있다.

기억 몸짓

당신의 모습이 희미해진다

해식동

곶자왈

당신은 어루만졌다

세월과 물질이 만들어낸 형태들

인간이 만들어낸 이름들

당신은 기어간다 당신은 보행한다 당신은 날아다닌다

당신은 헤엄친다

내 숨은 또 다른 숨을 쉬고 있는 것 같다

멀리서 영상을 바라보며 눈을 감고 잔다

해령

몸을 건사하는 건 어떤 느낌인가

몸을 짊어진다는 건 변태한다는 건 분화한다는 건

노래를 잎에 달고 사는 얼굴들

떨림들

불길을 피해 갈 수 있다면 그러고 싶다 번지기 전에

폭우를 피해 갈 수 있다면 그러고 싶다 휩쓸기 전에

곤충의 솜털

당신의 몸짓

당신이 머뭇거리는 시공간

흩날리는 재가 도시의 불빛에 비친다

아스팔트 위로 식물이 번창한다

당신은 걸어간다 당신의 몸을 보호하는 재질들로 꽁꽁
싸맨 채

당신은 생산지와 멀어져 살아간다

당신은 살균된 것을 바라본다

당신은 지나간다

어느 날 방아쇠를 다만 건드려보고 가는 동물들을 바
라보았다 그 형태와 질감을 낯설어하는

우리가 만든 것

우리가 만들지 않은 것

당신은 겁에 질린다

물감

동물은 수많은 얼굴을 알아본다

어느 날 당신은 생태 통로를 이용한다

어느 날 우리가 생태 통로를 이용한다

어느 날 그들의 모습이 희미해진다

안태운

어느 날 우리는 꿈을 꾸고 깨어난다는 사실을 공유하고 있다

꿈속에서 젖어 있었다

작용

움직임과 빛깔

깨어난다

암수한꽃

어느 여름, 충영이라는 걸 처음 알았다 식물이 애벌레에게 집을 지어주는

놀라워, 내가 느낄 수 있다는 것

어느 가을, 당신은 계속 자라나고 있었다

옥양목에 수놓았다

어느 겨울, 우리가 늙어가는 걸 서로 새삼스레 바라보았다

하지만 밀렵꾼으로 인해 코끼리는 상아가 짧아지는 쪽으로 진화했다

어느 봄, 춤추는 몸짓이 아름답다는 생각을 했다

그 표정과 주름과 홈

어느 여름, 비인간의 기억을 들여다보는 인간의 이미지를 접했다

어느 가을, 바람이 불었을 때 느끼는 나에 대한 촉감

기술을 통해 영아 사망률을 낮추었고 분명 그건 좋은 일이었고 아이의 미래를 상상할 수 있다는 그 벅참

어느 겨울, 인간은 음악을 만들어볼 수 있었다 귀 기울여보았고

세상은 소리로 가득 차 있다는 걸 알아차렸다

어느 봄, 전쟁이 일어난다

침묵과 바구니

난각막

인간끼리의 전쟁은 인간뿐 아니라 여기 모든 생물과 무생물에 대한 파괴와 살상이라는 걸 깨달았다

어느 여름, 추운 날을 그리워했다

혹은 순간 추워지면 더울 때를 그리워하고

어느 가을, 제철이라는 소중함

섬모

어느 겨울, 기억하려고 낭독회에 함께 모여 있었고

어느 봄, 숲에서 길을 잃었는데 굴을 발견했다

그곳으로 들어가 잠들며 꿈을 꾸었고

어느 여름, 조카가 생기고 나서는 버스를 타고 가는 중학생을 보며 그는 내 과거가 아니라 조카의 미래라고 문득 여겨졌고

안태운

팔랑개비를 만들어보았고

깨어난다

어느 가을, 거울의 실금을 눈치챘고

어느 겨울, 날개응애와 애꽃벌

스치기

어느 봄, 옛 기억 속 장면에서는 나를 삼인칭으로 인식
하게 되고

어느 여름, 끝말잇기를 하는 인간

아이의 냄새를 맡는다

아이가 냄새를 맡는다

어느 가을, 반딧불이와 노루와 버들치를 알았다

어느 겨울, 사슴벌레와 망초와 물범을 알았다

모습들

어느 봄, 해오라기와 코알라와 병아리난초를 알았다

어느 여름, 말매미와 들소와 안경원숭이를 알았다

몰랐다

모른다고 말했다

어느 가을, 구름표범과 옥구슬이끼를 알았다

어느 겨울, 낙우송과 파르툴라와 브룬펠시아를 알았다

오리너구리를 알았다

점박이영원의 존재를 알게 되었다

모르는 것이 많았다

몸짓들

다르고 같다는 걸 알았다

같고 다르다는 걸 깨닫게 되었다

기억 속에서 어느 날 우리가 여럿이라는 사실을 깨닫
게 되었다

잠들고 꿈꾸고 깨어나는 우리가 여럿이라고 생각하니

드넓어지는 마음을 알아챘다

우리가 여럿이어서 할 수 있는 걸 하기로 다짐했다

우리가 여럿이라 슬펐다 기뻤다 하염없었다

그것

흐르는 강물

둘레

산란과 예감

탄성

감각들

우연

시간이 흐르고 있다

시간이 흐른다 되돌아온다

기척이 스민다

안태운

기러기보자기 연습

1

그가 걸어간다. 호주머니에 손을 넣었고 천의 촉감이 느껴졌다. 그는 그것이 기러기보자기임을 깨닫는다. 기러기보자기는 혼례를 치를 때나 쓰이는 건데. 기러기는 어디 있고 왜 기러기보자기만 여기 있나. 그는 그것을 기러기보자기라고 생각하는 자신에 대해서도 의심을 품고. 문득 그는 기러기를 찾으러 떠난다. 혹은 오리라도 볼 수 있으려나. 그는 천변으로 가고 있다.

2

그는 전통 혼례식에 있다. 곧 부부가 될 사람들은 그의 친구들. 그는 흐뭇하게 광경을 바라보고 있다. 기럭아비가 기러기보자기를 두른 목각 기러기를 신랑에게 전달하고, 신랑은 그것을 전안상 위에 놓는다. 신랑이 절을 하려는 찰나, 어쩐지 그는 뛰어들어 목각 기러기를 움켜쥐고 있었다. 기러기보자기는 풀어 던진 후 목각만 든 채 달아나고 있었다. 신랑 신부와 하객들은 그를 바라본다. 그때 나는 기러기보자기를 주웠다. 내 손목에 묶는다.

3

너는 연못을 주기적으로 거닌다. 절뚝거리는 기러기를 여러 날 동안 관찰한 후 너는 그 기러기의 상태를 살펴봐야겠다고 결심한다. 너는 기러기를 야생동물 병원으로 데려온다. 기러기는 거북에게 물린 듯하다. 너는 검사 후 수술을 감행한다. 기러기의 상태는 다행히 호전되어간다. 너는 기러기에게 이불을 덮어준다. 푹 자면 내일은 날아갈 수 있을 거야, 라고 생각하며 너는 잠이 든다.

4

거리를 걷다가 그는 붉은 천을 발견한다. 요모조모 살

안태운

퍼본다. 그 형태가 희한하게 느껴진다. 이상하다. 가오리
연 같달까. 마름모꼴인가. 한 꼭짓점에 꼬리가 둘 달려 있
어. 그는 천을 접어 종이비행기를 만들어본다. 날려본다.
잘 날아가지 않는다. 그는 벤치에 앉아 내내 시도한다. 나
는 그 모습을 바라보고 있다. 그만 날리세요. 그건 감싸는
용도입니다. 기러기보자기입니다. 이렇게 감싸는 거예요.
나는 왼손을 부리처럼 만들어본다. 천을 왼 손목에 묶는
다. 그는 내 손목을 만져본다. 멀리 날려보려 한다. 재차.
날아가나.

5

그는 기러기보자기를 선물로 받았지. 하지만 기러기
는? 목각 기러기는? 없네. 기러기보자기만. 이걸로 뭘 해
야 하나, 골몰했지. 책상 위에 기러기보자기를 올려놓았
지. 감쌀 수 있는 것을 찾아야 할 텐데. 무엇이 어울릴까?
휴대폰? 거울? 지갑? 연필? 여러 가지를 기러기보자기로
묶어보았지. 그것들을 창턱에 두었다. 신기하네. 그러면
바람을 부르는 듯했지.

6

나는 기러기보자기를 구겼다가 폈다. 구긴 채 던졌다가 도로 회수했다. 펴서 던졌다. 내 얼굴을 감싼다.

7

너는 잘 때 자주 뒤척인다.

8

너는 공원을 걷는다. 붉은 천이 날아오길래 주시한다. 너의 발 앞에 떨어진다. 네가 주우려 하자, 한 사람이 허겁지겁 달려옴. 그 천의 주인인 듯하다. 너는 동작을 멈춘다. 가까이 온 그의 반응을 기다린다. 하지만 시간이 흘러도 그는 별 기색 없음. 시선을 돌려 너는 천을 줍는다. 골똘히 바라본다. 그는 순간 기러기보자기의 형태를 관찰하는 네 모습을 사진으로 찍음. 그 후 그는 떠남.

안태운

그는 기러기보자기를 애지중지합니다. 어디서 구했는
지는 모르겠지만 여하튼 그는 만지작거립니다. 그와 기러
기보자기는 욕조 속에 있습니다. 함께 놀며 따뜻한 물속
에서 피로를 풀고 있습니다. 기러기보자기를 물에 집어
넣기도 띄워놓기도 하면서. 허허허, 그는 기러기보자기를
자신의 목덜미에 올려놓으며 미소 짓는군요.

돌과 구름

돌은 테이블에 앉아 있었다. 구름은 테이블을 벗어났다. 돌은 식당에서 읊을 수 있는 것을 읊었다. 읊을 수 있는 것이라니? 그것은 노랫말을 우연히 외우게 되어서 읊는다는 말이었다. 선율은 잊었지만, 놀랍게도 연속된 단어들만이 흘러나오고 있었고. 구름은 식당을 떠났다가 마땅한 곳을 찾지 못하여 다시 들어오게 되었다. 구름은 사실 많은 걸 잊어버렸는데, 그래서 슬퍼하고 있었는데…… 식당 안으로 들어오는 순간 돌의 말들을 듣게 되었다. 구름은 돌의 몸에서 나오는 끊임없는 말의 소리를 들으며 어느새 허밍하고 있는 자신을 발견했다. 그 허밍은 원래 그 곡의 선율과는 다른 것이었고, 그러니까 창밖에서 불어오는 바람처럼, 한숨과 재채기와 하품처럼 순간적으로 이루어진 어떤 것이었다. 왜냐하면 구름은 사실 거기 없는 거나 마찬가지였으니까. 그럼에도 구름은 식당에서 돌의 말을 들으며 식사를 했다. 돌을 바라보았다. 돌은 바라보지 않았다. 대신 돌은 말하고 있었다. 구름은 창

안태운

문을 통해 밖으로 나왔고 어제 꾸었던 엄마에 대한 꿈을 생각하기도 했다.

꿈속에서 구름은 어느 냇가에서 돌 표면에 서식하는 다슬기와 우렁이를 찾아내 가져왔었다. 그득한 그것들을 대야의 물속에 담가놓았고 이후에는 불이 피어오르는 물속에서 삶았고 또 옮겨 식혔다. 그날에는 늦기 전에 연체동물문이며 복족강인 그것들을 까서 국을 끓여야 한다고 생각했는데, 구름은 노력하였지만 다 할 수는 없을 것 같았다. 그러므로 자연스레 엄마를 불렀다. 엄마라니? 구름은 놀랐다. 어디에서? 하지만 엄마는 언제나 오는 듯하지, 꿈속에서도. 그 때문에 눈물이 나올 것 같았다. 물론 눈물은 꿈을 꾼 이후에. 꿈속에서는 당연하다는 듯이 맞이한 엄마와 함께 앉아서 그것들을 깐다. 다 까고 나니 장면은 거기서 전환되었고, 대야의 물속에는 이제 물뱀과 개구리와 소금쟁이가 드나들었고, 구름의 혈연처럼 보이는 아이가 손가락을 담가 흐느적흐느적 움직였다. 이상한 꿈이다. 이상한 꿈이야. 구름은 눈물을 흘리며 어디로든 가보게 되었다.

하지만 돌은 테이블에 앉아 있었다. 돌은 구름의 눈물 속에는 없었다. 대신 다른 눈물 속에 이따금 있기는 했으나 잊어버리고, 시간이 흘러 어느 날에는 퇴근을 할 수도 있었고 마주친 장면들로 과거를 기억해낼 수도 있었다. 돌은 걸어갔다, 물론 어느 식당에서건 떠나서. 풍경을 보면서는 순간마다 무언가가 옆에 있다고 깊이 지각할 수 있었는데, 그것들이 귀여워 보였다. 그래서 말 걸고 싶기도 했다. 그중 척삭동물문이며 조강인 까치가 마음에 남아 말 걸고 싶었다. 으흠, 흐음. 까치의 부리와 발가락이 귀여워서 오랫동안 바라보았다. 이윽고 돌은 생각했다. 그 부리와 발가락을 쥘 수 있을까. 하지만 이내 고개를 저으며 곧바로 놔줘야지, 하고 혼잣말했는데…… 기억하는 게 미래 같았다. 퇴근길에 돌은 물을 건너가기도 했다. 물을 건너가기 위해 고안된 단단한 것이 있었다. 돌은 집에 도착했다. 내일을 생각하며 가만히 있어보았다. 가만히 있으면 무언가가 건드려보기도 할 것이다. 하지만 돌은 곧 잠들었다. 꿈속에서는 말을 잊고 허밍을 했지.

안태운

얌 연습

1

너는 외국에 있다. 시장에서 과일과 채소를 구경하며 낯익은 형태를 발견한다. 손가락으로 가리키며 너는 상인에게 물어본다. 얘 이름이 뭐예요? 순간 너도 모르게 한국어로. 상인은 대답한다. 얌. 얌? 얌! 한국 사람처럼 발음하는군요. 얌. 너는 값을 치른다. 얌은 발음하기 쉬운 여느 나라의 물건이군요. 얌.

2

너는 얌을 쥐고 가네. 꼭 쥔 채 두 얌을 바라보네. 양손에 하나씩 두 얌. 두 얌을 서로 맞대어본다. 두 얌을 양 호주머니에 넣어본다. 다시 꺼내본다. 두 얌. 너는 얌을 쥐고 가네. 두 얌을 네 두 뺨에 오래 문질러보네. 두 얌을 높이 쳐들어본다. 두 얌을 저글링해본다. 너는 잘한다. 잘하네. 던지니 두 얌은 굴러가네. 너는 두 얌을 바라보기만 한다. 풀밭에서 두 얌이 멈출 때까지.

3

그는 얌 요리를 합니다. 얌은 단백질과 전분이 풍부하고요. 그는 얌 껍질을 벗겨냅니다. 밝은색 속. 그는 얌을 찌고 끓이고 졸이고 튀기고 구워서, 생 얌을 어떻게든 다른 것으로 바꾸어놓습니다. 먹음직스럽군요. 하지만 그는 그것을 먹지 않고 누군가에게 주지도 않습니다. 그는 얌 요리를 냉장고에 넣었고 잊었다. 다음 날 냉장고를 열었다. 문득 새로운 것이라는 듯 볕이 드는 바깥에 놔둔다.

4

그는 손에 얌을 들고 공원 벤치에 앉아 있다. 얌은 따뜻하다. 손은 부드럽다. 얌은 먹음직스럽고 호호 불고 싶은 기분이 든다. 뜨겁진 않았지만. 손이 차지도 않았지만. 그

안태운

는 얌을 무릎에 고이 올려둔다. 어떻게 먹을지 궁리하는 모습 같다. 언뜻 그는 조는 모습 같다. 그때 한 아이가 지나간다. 아이는 그를 바라보는 것 같다. 침을 꼴깍 삼키고 있는 것 같다. 너는 아이에게 묻는다. 얌, 먹을래요? 아이가 그대로 얼음이 되어 울기 시작한다. 달려간다.

5

나는 순간순간 걷다가 말해보았다. 얌. 생각하다가. 얌. 가재울에서. 얌. 안골에서. 혼잣말하다가. 얌. 모래내에서. 대화를 끊고. 얌. 얌. 널문에서. 얌. 멈추다가. 얌. 종달에서.

6

너는 해변에 있네요. 밀려오고 밀려 나가는 물. 너는 바다를 바라보네요. 던질 것이 있을까. 던지기 좋은, 던지기에는 아까운. 물에 그것을 던지네요. 이윽고 물속으로 들어가 건져 오네요. 언제까지 그럴 수 있을까. 너는 지쳐가네요. 시간이 얼마나 흘렀을까. 너는 열 번이고 스무 번이고 되찾아 왔지만 이번에는 그러지 못하네요. 신기하게도 그것은 물속에서 헤엄치고 있네요. 그렇다고 그것이 얌이라고 할 수는 없어요.

7

그는 숲으로 갑니다. 들로 갑니다. 그는 열매를 메고 덩굴을 지고 뿌리를 업고 갑니다. 숲이자 들로 갑니다. 가면 누워 잠들 수 있는 공간이 드넓게 펼쳐지고, 열매와 덩굴과 뿌리를 내려놓은 그는 따고 캐고 줍습니다. 그는 숲과 들에 놀아납니다. 그는 끊임없이 움직이면서, 잠들 수 있는 시간을 마련해둡니다.

8

얌이라고 하면 하나를, 얌 얌이라고 하면 둘을, 얌 얌 얌이라고 하면 셋을 떠올리는 것이다. 나는 얌을 떠올린 후 얌 얌으로 둘을 걷게 했다. 하나가 쉬면 다른 얌 하나

안태운

를 더 떠올리는 것이다. 좀 쉬자, 얌이 말하면, 내가 얌이
되어 걸어가고 있었다.

9

너는 산책하다가 바닥에 떨어져 있는 물체를 발견하여
줍는다. 어디서 나온 걸까 두리번거리던 찰나, 그가 등장
한다. 얌입니다, 얌. 그가 건네달라고 한다. 네가 건넨다.
그는 받자마자 얌을 패대기친다. 너는 어리둥절해하며 그
를 말린다. 뭐 하는 짓인가요. 그는 실컷 패대기를 치고
난 후 얌을 주워 너에게 건넨다. 건강합니다. 하지만 조심
하세요.

10

그는 카페에 앉았다. 얌을 테이블에 올려놓았다. 종이
에 얌을 그렸다. 얌의 형태와 색깔을 가능하다면 똑같이
그리고 싶었다. 그는 얌을 만져보았다. 질감도 잘 표현해
내고 싶었다. 그는 네 옆에 앉았다. 다 그렸다며 종이를

보여줬다. 무엇이지? 네가 물었다. 얌. 그가 실물 얌을 꺼냈다. 너는 파스텔로 그 얌을 색칠했다. 얌의 색깔이 변했다. 그러자 그는 종이에 그린 얌을 덧칠했다. 너는 실물 얌을 쪼갰다.

모락모락

두부 요리를 잘하면 참 좋을 것 같네

알타리 두릅 인절미 봄동 천혜향 두부 꽈배기 알리움

시장에서 기웃거리다가 두부 두부

두부 순간 두부를 사며 감촉해보았는데

따뜻했는데

모락모락하군요 엉김 모여듦 흩어짐 퍼져 나감

집으로 돌아와서는 두부를 도마에 올려놓았는데

아직 식지 않은 표면을 만져보며

너는 조금 떼어 먹어보았죠

두부와 손가락을 바라보면서는

둘 다 두부 같고 손가락 같다며 새삼 놀라워하고

당연한데 당연하지 않은 것 같나요 두부

두부 이후?

두부란 그런 존재인가

그래서 두부 요리를 잘한다면 참 좋을 것 같다고 너는

속삭였다

그게 한 인간의 특색이 된다면

음, 그 인간은 두부 요리를 잘하는 인간이었어 살다가 여러 활동을 하며 인간 또 죽기도 했는데 그 인간은 두부 요리를 잘했던 인간 물론 잘 못할 때도 있었지만 매번 잘하면 그게 인간인가 대체로 잘했던 인간 근데 두부 요리를 못해봐야 또 얼마나 못하겠어 인간……

그런 말들이 또 신기하게도 속삭이듯 들려오면 귀 기울이게 될 것 같아서

너는 두부를 며칠에 한 번씩은 사 오고

그때마다 최대치의 의지를 품고

두부 요리를 시작합니다

그렇게 해본다면 해볼 수 있는 네 움직임

네 움직임을 순간 긍정하는 네 모호함

너는 요리를 지속하네 멈추어 비나 눈 구름 내리는 창밖을 바라보기도 하네 두부라는 별명을 지닌 친구를 떠올리네 의성어를 소리 내보다가 또 새로 만들어보다가 그것을 감추어보네 허물을 벗어보기도 하네 혼천의를 만져보네 복숭아뼈를 긁적이기도 하네

문득 사방에 있는 이웃에게 안부를 묻기도 하나 속삭임을 가닿게 하려는 의지로?

잠시 불을 끄고 두부 요리를 하면서는

불을 끈 채라면

너는 그 무엇도 할 수 있을 것 같았는데

이를테면 완성이라는 것도 해볼 수 있을 것 같다

그럴 수 있을 것 같네 시간이 흐르므로

지금?

이쯤인가?

완성을 모르며 지나갈 수도 있을 것 같다 지나가니까

순간 두부를 가만히 바라보며 있었는데 두부

언제쯤인가

너는 요리를 하다 말고

시장으로 걸어가보았습니다

걸어가보았지

제철이 되어 마침 여러 것들이 있었는데

근대 배 두부 리시안셔스 석류 취나물 만두 굴 토란

그것들을 사볼 수 있을까

사거나 사지 않는 건 그날의 날씨 그리고 우연과 기분
에 달려 있을 것 같았는데

문득 너는 날씨가 있다는 게 새삼스러웠나 만약 사라
지고 있는데도 모르고 있다면 우연과 기분처럼

당연한데 당연하지 않은 것 같나요 두부

당혹스럽군요

철렁하군요 두부

그래도 너는 두부를 잊지 않고 사서 돌아와 다시 요리를 하네요 문득 깨달았다는 듯 이쯤이면 두부

그러니까 두부 요리를 잘하면 참 좋을 것 같다고 새삼 느끼며

얼마나 잘하고 싶냐면 두부 요리를 두부에게 바쳐도 부끄럽지 않을 정도로(이렇게 말하면 과장이려나?)

어떤 인간의 지속이라면

두부에게 바치는 두부 요리라면

모락모락

안녕을 담아

모락모락

안녕을 담아

모락모락

안태운

뒤척임

「기억 몸짓」에 대해서라면, 처음 발표할 때 긴 각주를 남겼다. 어떤 다큐멘터리 영화의 내레이션이 인상 깊어서 그것을 손수 적었고, 그 문장들을 사회 현안이 자리 잡은 곳에서 낭독했으며, 낭독한 그 문장에 대한 영향으로 연상하여 시를 썼다. 이 시는 그러니까 수행적인 것과 여러 움직임들의 과정이다. 여기서는 각주를 뺐다. 지금은 혼자 있어도, 아니 뒤이은 다른 시와 함께 있으니 괜찮다는 생각으로 놓아둔다.

연습 연작에 대해 말하자면, 나는 어느 밤에 무언가를 쓰는 그 자체로 연습하리라 생각했다고 여기 적는다. 나는 연습하는 사람이라고 자임하는 걸 좋아하는데, 매번 살면서 순간순간을 연습한다고 생각하면 잘은 못하더라도 그 시공간이 귀중해지기 때문이다. 나는 어느 순간마다 시 쓰기를 연습했다. 그 언어-사물-사건-몸짓을 연습했다. 이리저리 발산하고 파고들며 움직여보았다. 그것은 쓰는 내 몸을 변화시켰다.

지금은 마침 1979년 노년이 된 딸이 1886년 강가를 달리는 열 살의 어린 아버지를 떠올리며 쓴 시를 읽고 있다. 그 시를 읽으며 나는 무척 감동받았다. 그 장면을 내가 쌓는다. 쌓아갈 것 같다.

인간은 무엇일까. 인간은 여러 시간성을 들여다보며 생각에 잠기나. 그리고 한 인간을 넘어선 시간성을 또한 헤아리려 노력함으로써 감각하기도 하나. 그런 믿음. 가만히 멈추어서. 모락모락, 그 증기 같은 것. 그 흘러나옴과 퍼져 나감으로 안부를 전하고 실천할 수 있을까. 이웃에게, 주위를 둘러싼 그 모든 환경에게. 꿈꾸는 돌을 생각하면 물이 흐른다.

안태운

추천의 말

강동호

안태운의 시에는 우연히 마주친 사물들에게서 낯선 언어적 감촉을 느끼는 화자들이 자주 목격된다. 마치 허밍을 하듯 리드미컬하면서도 능청스럽게 전개되는 말들의 움직임을 통해 사라진 과거의 기억들을 다른 감각으로 되살려내기 위해서일 것이다. 말의 감촉이라는 형식으로 봉인되어 있는 저 잃어버린 시간을 되찾으려는 안태운의 시선에서 우리는 인간에 대한 시인의 따뜻하고 깊은 애정을 느낄 수 있을 것이다.

김언

안태운의 시에서 대상은 대상의 차원에 머물지 않는다. 단순히 소재나 주제의 차원에서만 대상이 활용되는 것이 아니라 대상 자체가 시의 관점과 호흡과 문체를 이룰 때까지 극단으로 밀어붙이는 사유가 압권이다. 결과물이 '대상=시'가 되느냐 되지 못하느냐는 중요하지 않다. 중요한 것은 과정이고 그래서 대상을 '기러기보자기'나 '얌'으로 삼은 시의 제목에 '연습'이라는 말이 새삼 덧붙었을 것이다. 시 자체가 될 때까지 밀어붙이는 대상의 범위가 근래들어 넓어진 것과 더불어, 그것을 구현하는 화법도 집요함을 넘어 자연스러움과 천연덕스러움을 획득하고 있는 점도 눈여겨볼 대목이다.

김행숙

안태운을 읽으면서 '시인은 기억하는 자'라는 말을 떠올렸다. '나'의 기억을 넘어, '인간'의 기억을 초과하여, 이제 그의 시에는 '비인간'의 기억이 넘실거린다. '나'라는 유기체를 벗어난 이 시적 기억은 상상력을 빌리는 것이 아니라 '되기'를 실행하고 있다. 이 기억은 '되기'를 하는 몸을 가지며 그 몸짓들을 현현한다. 그리하여 성대가 잘린 자연의 침묵이 여기서 깨어나는 것이다.

이광호

안태운의 시는 다시 '연습' 중이다. 「기러기보자기 연습」은 '기러기보자기'라는 사물을 둘러싼 일종의 상상적 연습에 해당한다. 연이 바뀌면, 화자와 상황도 바뀌고 문장의 어미와 문체도 바뀐다. 서정시가 일관된 어조의 화자의 독백 혹은 고백의 형식이라는 선입관은 무너진다. 대신 그곳을 채우는 것은 더 자유롭고 유연한 시의 상상적 모험이다. 그곳에서 '그'와 '나'와 '너'는 여전히 연습 중이다.

이원

안태운이 완숙한 리듬을 획득했다. 의미보다는 리듬, 밀도보다는 힘 빼기가 먼저다. 능수능란하지는 않게 더 활달해졌고, 능청스러워졌는데 더 담백해졌다. '기러기보자기' 하나, '두부' 한 모로 여러 인칭을, 여러 장소를 넘나들 수 있다는 것이 매혹적이다. 소월의 리듬에 이르면 안태운의 다음 장면이 더욱 궁금해진다.

홍성희

마음이 향하는 곳으로 나아갈 수 있다면 인간은 어디까지 가닿을 수 있을까. 안태운의 시는 도처를 향한 마음의 기울기를 읽어내며 그 예각의 방향으로 주저 없이 걷는다. 시공간을, 언어를, 이름을, 몸을 선뜻 가로지르는 그의 시는 내내 언어를 발신하는 이편의 입장에 머문다. 그럼에도 끝끝내 기우는 마음은 찰나의 맞닿음을 약속하는 것만 같다. 그 약속은 아마 닿지 않은 채로도 저편을 있게 할 것이고, 그 있음을 모르지 않는 일이 우리에겐 중요할 것이다.

오은경

2017년『현대문학』신인추천을 통해 작품 활동을 시작했다.
시집『한 사람의 불확실』『산책 소설』이 있다.

새장

너의 어깨에 머리를 기대고 아, 내가 여기에 왜 왔는지 잊고
잊어버리고, 가령 이다음에 우리가 할 일
아니면 너를 대신해 내가
해야 할 일, 너의 일, 백열전구 불빛이 녹아내리고
……울퉁불퉁하다
전등 스위치, 녹슨 손잡이, 너무 오래된 경첩

너 말고는 아무도 남지 않았다 아무도
남지 않았기 때문에 네가 있다 네가 있었다 처음 문을
열었을 때부터 비스듬히

어떻게 시간을 보내고 있느냐는
이상한 질문

나는 묻고

작은 변화도 소요도 일지 않는다 대답은 응답이며
응답은 '신호'로
이 순간에도 신을 찾는 내게는
상상하기 어려운 일이지

*

아마도 영영, 내내
가득 찬 악의로
너를 바라볼 때 거기에는 통과하는 빛들, 미끄러진
비둘기, 날아와 날개를 꺾는 동시에
공중을
움켜쥔다

날개를 쓰지 않는 새, 발이 묶인 것처럼
붙들린 내 작은 새
내가 중심을 잃으면 허공이 흔들릴까?
여기서 더 추락할 곳이 남아 있을까

몸이 구겨져도 좋아 통증도 아픔도 없다 이불을 껴안
듯이

오은경

선線을 감각하며 너는

'아무도 없다'는 것

빗금

/

내게서 떨어진 나머지 주울 수도 지울 수도 없는

갈림길

나는 늘 자전거를 탔어 자전거를 타고 달리지 아무리
노력해봐도 너의 시선에서 자유로울 순 없었어 언제나
그랬듯이

너는 내가 떠나지 않을 거라고 여기는 듯했어 내 마음
처럼,

나는 어떻게 네가 지켜본다는 사실을 알았을까? 신
기해

기억나? 우리가 동시에 걸음을 멈춘 곳, 수풀이 열리고
나무가 가지를 걷어낸 자리

호수를 바라봤는데, 호수 위에는 작은 섬이 있었어 만
약 섬이 아니라고 해도, 떠다니는 부표와 함께 우리는

전망대에 도착했어 더는 시야가 좁지 않으니
다행이다, 이런 행운이 또 있을까? 되뇌면서 주위를 둘

오은경

러봤지 너는 없고, 멀리 사람들 몇몇이 좋아 보인다 따듯해 보여 너만

있다면 완벽했을 텐데, 어쩌면 네가 없어서

내가 여기까지 올 수 있었는지도 모르겠다 내 말이 틀리다면 (너에게는) 다른 사람이 없어야 했어 어디로도 가지 않고 어디에서도 오지 않는 (나의) 사람들,

시계탑,

게양대,

너비를 나타내는 기둥들

(새로운) 나를 찾아봐줘요 네게서 멀지 않을 테니

너무 멀리 가지는 말아

돌아오기 겁날 수도 있어 (이제부터는 비유를 통해서만 말할 수 있다) 아무렴 다시 시작해보자 이대로 네가 없는 시간보다 더 겁나는 게 있어

어째서 나는 숲속에 있으면서 숲을 알아차리지 못했을까?

숲이든 아니든 네가 봤다는 거 너의 눈에 비친 거

네가 만들어낸 환상 (너의 믿음, 정체가 무엇이든)

언제 또 주변을 배회하던 존재들과 마주치게 될지는

알 수 없으니, 너뿐만이 아니야

나도 많이 놀랐어

너는 주변 사람들에게 다가가 묻지 길을

가르쳐달라고 울고 애원하지

너의 앞에 누군가가 지나가고

수풀이 흔들린다 바람이 불지 않는데도 흔들리는 것은

거기 누가 있다는 소리이다 너는 숲의 잎들을 전부 파헤

치고 싶다 한 번도 의심하지 않았던 잎사귀와 잎사귀 가

짜가 숨어 있을까 봐 지금 네 모습은

파랗게 물들어가는데

시간이 흐르는 것을 느낀다 가렵고 간지럽다 내가 아

픔을 느낄 때조차 고통은 너의 몫이 아니라는 말을 네가

들려주었지 너는

자전거를 타고 가는데 최대한 멀어지는데

오은경

이인용 자전거

　자전거에서 내렸다 자전거를 어디에 세워둘지 고민했
다 양쪽 핸들을 잡고 자전거를 끌었다(길은 늘 오르막이거
나 내리막이었으므로, 나는 좌우 아니면 앞뒤로
　몸을 돌려야 했다 회전이 필요했다) 무거웠다
　잠깐 자전거에서 손을 떼자

　자전거가 넘어지지 않았다 평범한 길가였다
　자전거와 자전거, 자전거 거치대가 있었다 친구 한 명
이 자전거를 타며 다가왔다 내 친구였기 때문에
　나는 거치대 앞에서 그를 기다렸다 그러나 그는 안장
에서 내려올 생각을 하지 않았다 고장 난 기계처럼 페달
을 밟았을 뿐
　허공을 산책하는 것 같았다

　가까워질 수도 없고, 가까워지지도 않는 친구였다 친구
가 생각날 때면 누군가 나와 함께 있었다 합정合井 밤거

리를 헤매며……

  길을 가르쳐주었다 나는 맥주를 즐겨 마시고 취한 채
잠들고, 때로는 알람 소리에 억지로 깨어나야 했다 시간
이 없다는 생각 속에서……

  시간이 없다 하지만 시간은 만들면 된다 예전에 성공
했던 일이기도 하니까

  자전거를 찾자 우선은

  자전거를 어디에 세워뒀는지 확인한 다음

  자전거만 바라봐야 한다 그러면 자전거 아닌 (다른) 것
을 발견하게 되고 나머지는…… 저절로 일어난다 손을
놓고 있는 가운데

  자전거가 움직인다 영혼이 묶인 듯 넘어지지 않는다
합정 빈 골목을 달리면 나는

  차가운 바람 냄새……

  언젠가 둘이 보았던

  (내 모습) 자전거를 밀어주던 너,

          오은경

내가 먼저 피하려고 했어

점심을 먹는 동안 창가에 새들이 모여들었다 나는 내색하지 않았다 접시가 비어 있었다 네게 한 그릇을 더 시켜도 좋다고 했지만 너는 괜찮다며 사양했다

벚꽃 잎이 쏟아지던 봄날, 새 떼가 모여 있었다 마당 한편에 채소밭에
찻길에는 새들이 머물 수 없었다 주차장도 마찬가지였다

길은 온통 눈부신 벚꽃 잎, 눈앞은 새들이었다 카페와 식당, 벤치를 지났다 나는 잠깐 쉬고 싶다고 걷기 힘들다고 했다 너는 조금만 더 가면 된다고 나를 타일렀다 여기서 멈추면 지체만 된다고 했다

새가 있었다 형체가 희미해 구분하기 어려웠으나, 분명 새가 맞았다 새들은 줄지 않고 늘어나기만 했다

처음에는 새가 날아갈까 봐 겁났는데, 내 착각이었다 새들에게 가까워질수록 너는 내 말을 듣지 않았고(나는 거절이 두려웠다) 들리지도 않는 듯했다

거리에는 기대어 쉴 나무 하나 없다 벚꽃 잎도 전부 사라졌다

(……까마귀, ……제비, ……검은 머리 철새)

누가 다 치웠지?

네가 말했다 돌아가고 싶었지만 이미 늦었다 뒤를 돌아보니 새 떼가 날아오고 있었다 너를 관통했다

오은경

끈

끈을 잡아당겼다. 흙먼지가 일었다. 황사였다. 풀 몇 포기 마른땅에 나 있었다. 풀이 아니라 허물 같았다. 동물 사체일지도 모른다고 생각했지만

아무런 냄새도 없었고 날개 달린 것들, 파리나 독수리, 참새 떼도

나타나지 않았다. 예견된 일이었거나 전에 한 번은 겪어본 일 같았다. 지금,

내 손은 핏기 없이 창백한데

이렇게까지 당길 이유가 없었다. 방향이 잘못되었거나 여기가 아닌지도 몰랐다. (사람이 있어서는 안 될 통행금지 구역에 내가 와 있으며……

하지만 아직은 확신할 수 있는 게 없었다) 아니다.

수풀 우거진 배경은

기억에 없었다.

여름, 풀독이 오를까 봐 걱정했는데

백구들이 논밭을 뛰어다니고 있었다. 수지가 먼저 강아지들 쪽으로 향했다. 철책도 없는 논밭, 지난 계절의 벼와 새 떼, 메추리를 날려보낸 다음 다시 볼 수 없었다.

나는 백구와 토끼를 구분하지 못했다. 수풀 사이사이 토끼가 숨어 있다는 것도.

전부 수지가 들려준 이야기 속에 있었다. 내게 가만히 있어야 한다고, 움직여서는 안 된다고 했다. 바깥은 위험하며 나를 잃어버릴까 봐 두렵다고 했다.

기다리라고 말했던가? 하지만 시간을 일러주지 않았다. 언제 돌아오는지, 아니면 내가 찾으러 가면 되는지 말해주지 않았다.

수지는 어디를 간다고 했지? 어디에 있지? 내게 장소를 가르쳐주지 않았다.

*

손바닥에는 실금 같은 주름이 얽혀 있었다. 손은 소금

오은경

빵 같았다. 먼지와 피가 달라붙어 있었다. 다른 한 손으로
는 끈을 당겨야 했다. 끈을 당길 나머지 손이 필요했다.
팔은 바게트 같았다. 끈을 힘주어 당길 필요는 없었다. 잡
고 있기만 하면, 놓지 않기만 하면 되었다. 나 스스로 만
든 규칙이었다.

끈은 새끼줄로, 단단히 묶여 있었다. 힘이 필요하지 않
았다.

재회한다는 뜻

스스로를 차갑다고 느꼈다. 이유가 궁금하지도 원인을 찾고 싶지도 않았다. 달라지고 싶지 않아서였다. 이 상태가 나쁘지 않다고 생각했다. 약해진 마음보다는 낫다고, 무감해져서 아무것도 느끼지 않는 편이 더 안전하다고 여겼다. 안전함. 그러니까 나는 안전해지고 싶었다. 돌이켜보면 지면에 시를 발표하기 시작한 시점부터 보호받기를 바랐는데…… 이때 보호받아 마땅하다고 여긴 대상은 나이면서 시 속 화자였다.

시를 쓰는 동안 돌이킬 수 없이 생겨나버린 화자가, 제멋대로 돌아다닌다. 집 안을 어지럽히고 온 동네를 휘젓는다. 이런 화자는 나를 압박하면서도 마음에 쏙 드는 것이다. 이것이 시 쓰기와 내가 관계 맺는 방식이다. 쓰는 나와, 태어난 화자가 적어도 겉으로는 서로를 의식하지 않고 살아가기. 무심한 척 굴지만 신경 쓰고 있다는 것을 안다. 우리는 꽤 닮은 구석이 있다.

닮았다는 건 나에게 사랑한다는 뜻과 같은데. 서로 다른 두 존재가 어떤 차원에서 하나가 되는 순간이기도 하니까. 지나간 기억이 조금씩은 왜곡되듯이 화자가 생겨난 다음부터는 정말로 나일 수는 없다고 믿어왔다. 어떤 장면의 경우, 실제 겪은 일인지 아닌

오은경

지 헷갈린 적도 있었다. 시에 써버려서 쓰기 전의 기억이 손상되었다. 정서도 확신할 수 없다. 현실에서 비슷한 일을 겪기도 한다. 눈앞의 풍경이 쓴 시를 떠올리게 했다.

시는 나의 과거도 아니고 미래도 아니다. 나도 아니고 내가 아닌 것도 아니다. 차라리 시는 눈에 보이지 않는 옷 같은 게 아닐까. 외투 같은 거…… 나의 영혼이든…… 자아든…… 몸이든…… 얼굴이든…… 무엇이든 꾸미면서 외출을 나간다. 언젠가는 집 밖을 나서야만 하니깐. 누구든, 다른 사람과 만난다. 세상에는 나 혼자만 있는 게 아니다. 지금과 그때가 다르듯이. 지난 시간으로 되돌아갈 수 없듯이. 같은 사람에 대해 각자 다르게 이해하듯이.

시의 첫 행은 나의 생각에서 출발하지만 이어지는 문장들은 더 깊은 마음속에서 나온다. 나는 자전거를 잘 타며, 맥주를 즐겨 마신다. 언젠가는 뻥 뚫린 수풀에 서 있었다. 너머로 물가가 펼쳐졌는데, 이후로도 몇 번 더 비슷한 광경을 목격했는지는 확실치가 않다. 시에서 나는 새장 속에 들어와 새가 되었고 덩굴 속에 갇혀 나무가 되었는데. 어렸을 때는 수지라는 친구네 집 뒤편에 논밭이 있었다. 수지는 철새가 되어 날아갔다는 메추리를 거기 풀어주었다. 이듬해에 돌아온 메추리와 만날 수 있었다고 한다.

강동호

오은경의 시에는 정적이고 적요한 텅 빈 공간에 남겨진 화자와, 그 화자를 집요하게 바라보는 익명의 시선이 그려진다. 다가갈수록 오히려 멀어지고 희미해져가는 존재들과의 거리감 속에서 시의 화자는 지속적으로 낯설어지고 익명화되는 자기 자신과 마주친다. 타자로서 자기 자신을 새롭게 발견하는 오은경의 섬세하면서도 고독한 사유는 인간의 가장 근원적인 고독, 바로 그것을 응시하는 중이다.

김언

오은경의 시는 눈앞의 것만 더듬듯이 본다. 근시의 눈으로 세계를 본다. 그래서 조금만 멀어져도 불확실한 대상이 되고 불확실함으로 가득한 세계가 되고 만다. 물리적인 거리뿐만 아니라 심리적인 거리까지 고려하면, 아무리 가까운 대상도 심리적으로 거리감이 생길 때 그것은 희미한 윤곽만 남은 대상이 되고 만다. 심지어 나조차도 먼 대상으로서 불확실하게 남아 이 세계를 더듬더듬 말하는 존재가 되고 만다. 확실함을 확신할 수 없어서 불확실하게 탄생하는 그의 시가 역설적으로 가장 멀리 있는 것을 선명하게 포착하는 순간을 맞이할 때가 있다. 드물게나마 있는 그 순간을 기다리면서 나오는 말이 또한 오은경의 시일 것이다.

김행숙

"잃어버린 시간을 찾아서"라는 프루스트적 주제에 응답하는 오은경의 시 쓰기는 과거라는 시간만이 '새롭게' '반복' 가능한 시간임을 보여준다. 그의 과거형 시제는 시간의 신비와 매번의 새로움을 품고 있다. 흥미로운 점은 거의 언제나 '나'라는 일인칭 주체보다 '너'라는 이인칭 손님의 존재가 기억의 뉴웨이브를 일으키고 주도한다는 것.

이광호

"벚꽃 잎이 쏟아지던 봄날, 새 떼가 모여 있었다"라는 익숙한 장면이 오은경에게는 미묘한 감각적 기미를 발견하는 순간이 된다. 「내가 먼저 피하려고 했어」에서 언뜻 시적으로 보이지 않는 건조한 서술들이 만들어내는 순간과 순간들 사이에 시적인 리듬이 시작된다. "뒤를 돌아보니 새 떼가 날아오고 있었다 너를 관통했다"라는 마지막 문장은 익숙한 일상의 순간을 순식간에 미지의 차원으로 옮겨놓는다.

이원

오은경 시가 다른 국면으로 진입했다. 묘법의 갱신이다. 그의 시는 시종일관 시선이 중요한데, 중심에서 주변으로 이행이 일어났다. 지금까지의 묘법이 긴장감이었다면, 이제는 "날개를 꺾는 동시에/공중을/움켜"(「새장」)쥐는 아이러니다. 더욱 강력하게도 아니고 느슨하게도 아닌 비로소 자연스러움이다. 보기가 아닌 되기의 자리에는 발견이 가득하다.

홍성희

오은경의 시에서 있음과 없음은 선명하게 구분되지 않는다. 보이지 않아도, 보이다 사라져도, 눈앞에서 부서져 없어져도 내게 너는 언제나 너로 불리며 이곳에 있다. 설령 그것이 내게만 있음이라 해도 다만 허구이고 환상이기만 하지 않으므로, 그의 시는 도처에 괄호를 적는다. 다르게 있는 말, 괄호로 붙잡아두지 않으면 생략되어버릴지도 모르는 말들과 함께 오은경의 언어는 서로 다른 있음을 감당하는 매일을 적어 마음으로 본다.

이린아

2018년『조선일보』신춘문예를 통해 작품 활동을 시작했다.
시집『내 사랑을 시작한다』가 있다.

끈

나는 빨간, 아니 새빨간, 아니 시뻘건 과일을 좋아했어요 젊음을 유지시켜준다는 것들은 모조리 빨강이었잖아요! 속이 하얗더라도 빨간 사과를 사고 겉이 푸르더라도 수박을 쪼개고 물러 터지더라도 토마토를 굽고 텅텅 비우더라도 파프리카를 썰었죠

내가 태어나서 처음 입은 원피스는 빨간색이었으니까요 빨간색이야말로 가장 예쁜 색이란다──엄마, 빨간색도 예쁜 색도 내가 모르는 색인걸요

나에게 가장 어려운 말은 예쁘다는 말이었죠 나는 도무지 그 말이 무슨 느낌인지, 내가 그 말을 들을 때 어떤 표정을 지어야 하는지, 나는 그 말을 언제 남자에게서 들어야만 하는지 아직도 모르겠지만 어쨌든 그건 어릴 적부터 내 팔목에 묶어둔 팔찌처럼 소원이 이루어지기도 전에 누가 끊어 간 거죠

정말 고된 일이에요 내 몸을 칭칭 감는 거요 말똥말똥 눈을 뜨면서 빨간 과일을 사러 가야 할 것 같을 땐— 엄마, 빨간 과일도 예쁜 과일도 내가 모르는 맛인걸요

긴 머리를 끈처럼 흔들던 아이가 바닥을 잡아당기고 있다면 그건 온몸이 빨개진 사람을 보고 아무도 빨개지지 않는 오후와 같겠죠 빨개진 몸을 감싸는 일이 그들에게는 고된 것보다 슬퍼하지 않는 것에 가깝잖아요?

빨갛게 빨갛게 동그랗게 동그랗게
엄마,

감아줄래요? 내가 이곳으로 돌아 나올 때까지만요

이린아

도그 바이트Dog Bite

개가 사람을 물었다 사람이 개를 물었다 개가 사람의 그림자를 물었다 사람의 그림자가 개 짖는 소리를 물었다 개 짖는 소리가 사람을 물었다 그리스에서는 중요하지 않은 일이다

누가 먼저이고 누가 늦었는지는 상관없는 말들,
주어와 목적어가 뒤바뀌어도 상관없는 행동은 어디에 있습니까?

나는, 나의 행동을 이해하고 싶어요

얻어지는 것이 있다면 나는 얻고야 마는 행동을 멈출 것이고 내가 개에게 물렸는지보다 개에게 내가 물렸는지 아니 내가 과연 개에게 물릴 수 있는지 개는 나를 물 수 있는지 내가 개를 물었는지 물어보겠지 그러다가 물리고─ 가장 먼저 가장 늦게 끝에 닿으면 가장 구하기 쉽고 가장

길게 무는 방법을 터득하겠지

혹시, 하나의 해석에서 바뀔 수 없는 위치를 갖고 있는
무언가가 있습니까?

기다리다 보면 나는 무는 대답을 듣고 사냥꾼은 물린
시간을 계산하고 그럼 우리의 관계는 물어낼 것이 없지
뒤바뀔 수 없는 나무의 나이는 나무를 베어보면 알 수 있
고 그러니까 나무의 허리를 콱 물어서는 안 된다고요!

흔들리는 가지는 아무에게도 물리지 않잖아요

만일 모든 개가 사람을 문다면 사람은 어디서 개 짖는
소리를 들을 수 있고 개 짖는 소리는 어떤 물속에서 사람
을 구할 수 있는 거죠 물속에서 달아나는 개는 왜 울지 않
고 짖는다고 하죠

바뀔 수 없어서 박힐 수 없는 자국은 언제나 물린 자국
입니까?

깡그리 잊어버린 체면이나 쇠약한 질문들엔

이린아

행동이 없어요 그래서 언어를 이해하는 기능이
완전히 망가진 사람들만 이해할 수 있는 행동들엔
물고 물리는 동행이 필요합니다

그리오Griot*

신도 조상도 아닌 가죽을 믿는 사람들의 이름입니다

가죽의 등을 두들기며 자신이 누구인지 기억합니다 짧게 태어난 아이에게 시가 있는 것처럼 말입니다

긴 침묵은 비처럼 모든 곳에 같은 박자를 두들깁니다

두드리는 악기는 반복될수록 무르익습니다 꾸준히 부딪치거나 비비거나 흔들거나 튕기거나 문질러야 합니다 하지만 연주가 끝날 때까지 처음 연주했던 한 가지로만 연주해야 합니다 부딪치는 사람은 끝까지 부딪치고 흔드는 사람은 끝까지 흔들어야 합니다 끝까지 내가 태어난 길이만 기억해야 합니다

텅 빈 가죽의 등입니다 살아 있는 가죽은 하나의 악기가 될 수 없고 모든 소화를 끝낸 몸통으로만 한결같이 울

　　　　　　　　이린아

수 있습니다 미래는 들썩거리지 않는다면 흠씬 두들겨
맞을 일일지도 모르고 과거는 더 이상 두드릴 만한 기억
이 없을지도 모릅니다 현재는 오로지

모두 잃어버릴 일이기 때문입니다 온갖 종류의 비의
증상과 통증이 필요 없는 가죽이 되어도 좋을 일입니다
늘어난 나를 동그란 틀에 고정시키고 빈 공간을 익힐 일
입니다 어떤 이야기도 나를 비우지 않으면 소리가 나지
않습니다 땅에 깔린 마른 낙엽은 바닥을 비울 때 마지막
으로 나의 발바닥을 힘껏 두들길 수 있습니다

두들기는 소리는 사실보다는 진심에 가깝습니다 미래
의 주술가나 과거의 철학자가 아닌 송아지와 염소의 등
을 두들기는 데에서 배우는 이유는 살포시 손을 대었다
뗄 수 있는 것들로만 침묵을 놓아줄 수 있기 때문입니다

---

* 세습 음악가 일족. 시를 통해 사회의 집단 기억을 보존하며 대대로 지
  식과 기능을 전한다. 악기를 다 익히기 전에는 시를 익힐 수 없게 되어
  있다.

필라테스 언니

우리 몸의 가장 특별한 점은 갈비뼈로 구분된 2층짜리 집이라는 거예요 우리는 모두 2층에서 긴장을 풀길 원하지만 1층을 단단하게 안정시키지 않으면 이 집은 계속 무너지죠

1층을 안정시키려면 맞아요, 다들 근력 운동이 어렵다고 생각하시는데 생각보다 간단해요 우리가 움직이는 동안 생겨나는 이 반대의 힘에 끝까지 저항하기만 하면 되죠 때로는 끝까지 반대해도 된다는 사실, 그것만으로 충분해요

절대 넘어지지 않으니 이 흔드는 힘을 끝까지 버텨내기만 하는 거예요 자! 그 힘을 똑바로 느껴보자고요 사람들은 자기 몸을 알게 되면 중심을 잘 잡을 거라 생각하는데 실은 자기 몸이 마구 떠는 걸 끝까지 겪다 보면 중심은 이미 집 안에 있죠 모든 걸 포기할 때 그게 잠시 멈춰 선

이린아

거라 생각하는데 이 매트 위에 여전히 서 있는 거죠

다들 잘 서 계시네요! 아 2주 전이었나, 어떤 분이 오셔서 제게 갑자기 이런 말씀을 하시더라고요 "당신의 삶은 안전합니다" 그렇다면 내 몸도 안전합니까? "네. 당신의 몸은 안전합니다"

그날 펑펑 울었지 뭐예요 그러니, 이제 슬슬 여러분의 몸이 언제 가장 파르르 떨리는지 아시게 될 거예요 그럼 집에 가서 끝까지 버티는 거예요 아셨죠?

서니사이드 업Sunny-side up*

추신, 당신이 언제나 건강하기를 기원하며
때때로 태양을 즐길 수 있기를 바랍니다

아무것도 이해하지 못하는 날에는 아무것도 깨닫지 않아도 된다 그래서 아무것도 알고 싶지 않은 날의 모든 문자는 모조리 창문이다 나는 내 눈앞에 무심코 씌어진 글자들을 내 의지와 상관없이 매번 이해해왔기 때문에 함부로 나의 이해를 쓰고 싶지 않다는 건 때때로 내가 눈부신 태양을 즐길 수 있기를 바라는 추신 같은 거다

왜 의자는 의자야? 그렇게 불러야 다들 알아듣는 창문들

창문 앞 의자에 앉아 햇살을 걷지 않으면 소나기는 잠깐의 오해에 불과하다 매일 나의 안부가 궁금한 사람을 알아보지 않으면 안녕은 내가 쓰는 말투에 불과하고 추신은 내가 늘 엉뚱하게 느껴진 거다

　　　　　　　　이린아

실수를 할 때마다 연습 대신 의자를 한입 베어 먹고 자전거를 잃어버리면 열쇠만 잘 간직하고 무르익은 과일은 절대 혼자 먹지 않기를

어깨가 마른다 싶다가도 이내 이마를 두드리는 하루가 이틀이 되고 2주가 되면 사람들은 종일 창문에 블라인드를 치거나 수시로 커튼을 내리고 거둔다 그러던 어느 날 추신 같은 편지를 받으면 며칠간의 창문은 아무것도 이해하지 않아도 뭐든지 이해되는 문자가 되고 너의 말을 잘 못 알아들을 때마다 너와 나 사이에도 추신이 필요하다는 걸 알게 되는 거다

제대로 태양을 즐기고 계시는군요

무엇이든 꽉 움켜쥐면 와장창 깨지고 물컹하고 엉뚱한 변명을 둘러대면 설익는, 그렇게 불러야 다들 알아듣는 창문들을 먹어치우는 거다

* 햇살이 가득한 프라이팬을 뒤집지 마세요.

왜 네 몸을 두드리면 내 소리가 날까

젖은 북처럼 앉아 있었어. 어쨌거나 나는 북이잖아. 내 심장이 나를 두드리지 않으면 난 살아 있지 않지. 그럼에도 마음이 먹먹해서 제대로 소리가 나지 않았어.

한참 내 등가죽을 말려야 한다고 생각했어. 그것도 무심하게. 만약 내가 내 등가죽에 너무 신경을 쓴다면 나는 자꾸 뒤돌아볼 테고 자꾸만 뒤척이는 밤 때문에 아마 내 등에 메마른 금들이 죽죽 그어질 거야.

내 등을 편평하게 잘 말린다면 나는 결국 더 의연해지겠지. 가슴을 적당히 연 채 등을 충분히 세우고. 창가에 흐르는 빗물처럼 내 등에도 부드러운 빗물이 나를 다정하게 쓰다듬을 수 있을 거야. 지금처럼 휘어진 등으로 구부정한 타악기가 되지는 않겠지. 너와 나 사이의 공평한 소리, 박수처럼 토닥이는 박자를 만들 수 있을 거야.

최근에야 깨달았어. 아무 말도 내 심장에서 꺼낼 수 없을 때, 내

　　　　　　　　　이린아

심장은 더 크게 뛴다는 걸 말야. 비워내야 한다며 나를 마구 두드렸어. 그게 가슴이 아픈 거였나 봐. 가죽이 뚫리도록 울어대든 날갯죽지가 자글자글해지도록 팔을 휘두르든 등이 늘어나도록 바닥을 뒹굴든 어떻게든 이 심장에서 그 말들을 꺼내달라고, 그렇게. 뛰었어.

노래를 부르다 보면 말야, 내 말과 내 심장이 똑같은 박자일 때만 난 끝까지 노래를 부를 수 있어. 그렇게 하기 위해서는 풍선처럼 내 가슴을 부풀려서 빈 공간을 만들고 내 심장의 박자에 맞추어 나를 두드리기 시작해야 해. 그렇지 않으면 이내 숨이 차거나 목을 꽉 조인 소리가 나. 시는 내 말과 노래보다 먼저 태어났어. 우리는 애초에 태어나는 순간을 절대 기억할 수 없어서 그건 참 짧은 기억일 뿐이지만, 무엇을 두드리든지 모두 내 박자로만 두드릴 수 있는 건 내 몸이 이미 나의 시를 가진 채 태어났다는 거겠지. 말은 안 할 수 있지만, 노래는 안 부를 수 있지만, 내 심장은 계속 나를 두드리지 않을 수 없잖아. 그리고 있지, 내가 두드리는 모든 건 말야, 내 심장의 박자랑 너무 일치해서 심지어 침묵 속에서도 온통 내 소리만 나더라.

추천의 말

강동호

이린아의 시는 행동의 언어를 지향한다. 말이 담아내고 있는 의미가 아니라, 말 그 자체의 힘만으로 일어설 수 있는 언어들. 겉으로는 자유분방해 보이지만 이러한 말들이 가능하기 위해서는, '나'의 자리를 계속해서 비워낼 수 있는 방법과 요령을 터득해야 한다. '나' 없는 말들이 자립해서 하나의 음악처럼 자유롭게 일어설수 있도록 말의 밸런스를 찾아가는 이린아의 시 곳곳에 독특한 매력과 긴장이 가득하다.

김언

이린아의 시는 세계를 다시 배우는 자의 언어다. 세계를 다시 이해하고 해석하려는 자의 언어라고 해도 좋겠다. 온통 해야 하는 것과 해서는 안 되는 것으로 점철된 이 세계를 자신의 감각과 사유로 다시 해석하고 이해하려는 자의 언어라고 해도 좋겠다. 자신과 세계는 언제나 동일할 수 없으므로, 온갖 금기와 당위로 무장된 이 세계에서 자신을 자신으로 지키고 지탱하기 위해서도 필요한 것이 세계에 대한 이해이자 자신에 대한 성찰이다. 무겁고 어두운 성찰이 아니라 경쾌하고 발랄한 언어를 동반하는 성찰이 이린아 시의 특이점을 이룬다.

김행숙

이린아는 계속해서 의심하고 번복하는 주체, 그리하여 믿을 수 없는 주체를 '시적 주체'로 내놓는다. 이것은 불확실성을 제거하기 위한 데카르트식 의심과는 전혀 다르다. 이린아는 인식과 감각의 차이들, 이 불확실한 흔들림을 동시에 다 겪어내느라 덜덜 떨리는 몸을 '시적 몸'으로 일으켜 세운다. 상징계의 언어가 구슬릴 수 없는 시의 몸이다.

이광호

이린아에게 시의 '발화'는 신체의 리듬을 담는 언어의 퍼포먼스이다. 「필라테스 언니」에서 "필라테스 언니"의 말들은 몸의 운동을 둘러싼 정보를 전달하는 것처럼 보이지만, 그 발화의 파동 자체가 시적 수행성의 내용이다. "몸이 언제 가장 파르르 떨리는지" 알게 되는 순간은 깨달음의 순간이 아니라, 몸에 작동하는 힘들과 '안전'을 둘러싼 감각, "몸이 마구 떠는 걸 끝까지 겪"는 정동이 탄생하는 순간이다.

이원

'새로운 명랑'의 출현이다. 캔디형 화자가 아니라 천진을 장착한 화자다. 결심이라거나 인내의 흔적이 일절 보이지 않는다는 것은,

중력이 외부가 아니라 그의 내부에 있다는 것을 증명한다. 그래서 지지치 않는 리듬이고, "엄마, 빨간 과일도 예쁜 과일도 내가 모르는 맛인걸요"(「끈」)라는, 경쾌한 보폭이고, 여성의 원래 목소리다.

홍성희

해석되어야 할 기호로만 이해될 때 언어는 불투명하고 주렁주렁하다. 기호는 그것의 역사와 맥락에 대한 동의를 가장 앞서 요구하니까. 이린아의 언어가 경쾌하게 읽힌다면 그 이유는 그가 소리의 리듬감을 잘 만들어내기 때문만은 아닐 것이다. 그의 시는 지금 처음 만나 인사를 나누는 마음으로 언어를 나누는 일을 말한다. 알고 모름의 격차 없이 몸을 울려 말을 만들고 그런 언어로 사이를 시작하는 방법으로, 그의 언어는 세계의 소란과 침묵을 동시에 상대한다.

〈시 보다〉 기획의 말

시의 시대가 사라져버린 것 같던 시간 속에서 젊은 시인들과 그들의 낯선 감각을 다시 읽어준 독자들이 출현했다는 것은 기적이 아니다. 모든 헛된 풍문을 뚫고 한국 문학의 심층에서는 본 적 없는 시 쓰기와 시 읽기가 끊임없이 시도되고 있었다. 〈시 보다〉는 시 쓰기의 극점에 있는 젊은 시 언어의 운동에너지만을 주목하고자 한다. 1년에 한 번 이루어지는 이 작은 축제는 선별의 작업이 아니라, 한국 시를 둘러싼 예감을 함께 나누는 문학적 우정의 자리이다. 우리가 체험하는 것은 젊은 시인들의 이름 너머에서 꿈틀거리는 '시'라는 사건 자체이다. 시인은 동시대가 소유한 이름이 아니라, 동시대의 감각을 발명하는 존재이다. 시는 도래할 언어의 순간에 먼저 도착해 무심한 표정으로 우리를 기다리고 있다. 지금 '시 보다'라는 행위는 시'보다' 더 고요하고 격렬한 세계를 열어준다.

선정위원 강동호 김언 김행숙 이광호 이원 홍성희